鎮守の銀狐に愛される花嫁

The bride loved by the silver fox

伊郷ルウ
RUH IGOH presents

ガッシュ文庫
KAIOHSHA

CONTENTS

イラスト／水名瀬雅良

第一章

「もう朝かぁ……」

和室の座卓に突っ伏してうたた寝していた守山颯壱《もりやまそういち》は、障子越しに差し込んできている朝日にふと気づき、無造作に片手で短い黒髪をクシャクシャと掻《か》き、それから両手を広げて盛大に伸びをした。

「ふぁ――」

シンプルな白い長袖のシャツ、デニムパンツ、素足で座布団に胡座《あぐら》を掻いている。

座卓を前に胡座を掻くという窮屈な格好で寝ていたせいか、身体の節々が凝り固まっていた。

「またか……」

何度か伸びをして身体を解した颯壱は、苦々しくつぶやいて目の前を見つめる。

座卓に置いているノートパソコンは、寝ているあいだに無意識に前に押しやったのか、あらぬ方を向いていて、画面は休止状態で真っ黒になっている。

ライトノベルを手がける小説家となって二年になるが、仕事が順調に進んだのは最初のころだけで、ここ最近はまったくやる気が起こらない。

パソコンに向かっても、悶々としたまま朝を迎えるか、知らぬ間に寝てしまっているかのどちらかだった。

ファンタジー小説の新人大賞で特別賞を受賞し、デビューを果たしたのは大学四年のときだ。作家として身を立てられる自信などなかったから、アルバイトをしながら小説を書いていくつもりでいた。

けれど、デビュー作は発売一週間で重版がかかるほどの売れ行きで、大学を卒業したばかりの身にはありがたい大金を手に入れてしまった。

それに加え、一緒に暮らしていた育ての親でもある祖母が体調を崩してしまい、面倒を見るのが颯壱しかいなかったため、作家で身を立ててみようと一大決心をしたのだ。

そうした無謀な決心に、祖母は異を唱えるどころか応援してくれた。贅沢《ぜいたく》を望まなければ、年金だけでも二人で暮らしていける。

いざとなったら祖父と二人で貯めた金があるから、おまえはなにも心配しないで作家業に専念すればいいと言ってくれた。

作家としてやっていこうと決めた颯壱を、誰よりも後押ししてくれた祖母が亡くなって間もなく、自分の名義で作られた積み立て預金通帳を見つけた。

孫のために祖父母がせっせと積み立ててくれたのは驚くほどの高額で、通帳を目にしたとたん涙が止まらなくなった。

頑張って人気作家になろう。自分が作家として活躍することが、育ててくれた祖父母への恩返しになる。

そう心に強く思ったはずなのに、祖母の葬儀を終えてからは、歯車が嚙《か》み合っていないように、なにも上手《うま》くいかなくなっていた。

「なんで書けなくなっちゃったんだろうな……」

大きなため息をもらしてパソコンを閉じ、座卓に両手をついて立ち上がる。

デビュー二作目、三作目は、自分でも驚くほど筆が乗った。自分の書いた小説を読んで、楽しんでくれている人がたくさんいるのだと思うと嬉しくて、やる気が満ち溢《あふ》れてきた。

そうして書き上げた二作品も、順調に売り上げを伸ばしたというのに、いわゆるスランプに陥ってしまい、小説が書けなくなってしまったのだ。

担当してくれている編集者と練り上げたプロットは完璧で、面白い作品を書き上げられる自信があった。

それなのに、原稿はまったく進んでいない。プロットが完成してから、もう半年以上が過ぎようとしているのにだ。

「そうだ、お供えに行かなきゃ……」

ひとりつぶやきつつ、廊下へと出て行く。

板張りの廊下は、細身の颯壱が歩いてもギシギシと音を立てる。

六歳になって間もないころ事故で両親を一度に失ってしまった颯壱は、ひとりっ子だったこともあり、田舎で暮らしている祖父母に引き取られたのだ。

そうして都会から移り住んできたこの家は、長閑《のどか》な山あいの村にある築二百年を超える平屋の古民家で、廊下は張り替えをしたことがあるらしいが、それも数十年前のことでかなり年季が入っていた。

廊下はとても日当たりがよく、素足で歩いていると暖かで気持ちがいい。

「今日もいい天気だな」

窓のガラス越しに青々とした初秋の空を見上げつつ台所まで来た颯壱は、まず戸棚から陶器の湯飲み茶碗《ぢゃわん》を取り出してテーブルに置く。

次に流し台の下にある扉を開けて一升瓶を取り出して栓を抜き、茶碗になみなみと満たしていった。

一升瓶に栓をしてから茶碗を手に取り、廊下に出て真っ直《す》ぐ玄関へと向かう。

満たした酒を零《こぼ》さないよう、注意をしつつ長い廊下を歩き、玄関で履き古したスニーカーを突っかけ、ガラスを嵌《は》めた引き戸を開ける。

強盗が押し入ってくるような心配もいらない田舎の村だから、玄関はもとより窓の鍵もかけたことがなかった。

茶碗を手に外へと出た颯壱は、太陽の眩《まぶ》しさに目を細めつつ玄関前の石段を降り、裏庭に続く砂利《じゃり》を敷き詰めた細い道を歩き出す。

家の裏側には小さいけれど鬱蒼《うっそう》とした山があり、そこに守山家が代々、守ってきた祠《ほこら》がある。

颯壱は祖父母と暮らし始めると同時に、朝晩は彼らと一緒に供え物を持って祠に行き、手を合わせて村の無事を祈ってきた。

けれど、五年前に他界した祖父に続き、祖母も半年前に逝《い》ってしまい、それからは颯壱ひとりで朝晩の努めを果たしている。

家屋に沿うようにして続く長い小路を進み、間もなくして赤い鳥居が現れ、それをくぐり抜けた先に祠はひっそりと佇《たたず》んでいた。

祠はすべてが石で造られていて、日本家屋と同じ山型の屋根がある。正面には本体と同じく石で造られた格子が嵌められているため、中を窺《うかが》うことは難しい。

格子の前にある石段に湯飲み茶碗がひとつ置かれている。昨晩、颯壱が供えた日本酒を満たした茶碗なのだが、不思議なことに次に訪れてきたときには必ず空になっていた。

祠に祀《まつ》られているのは村の守り神である銀孤《ぎんこ》で、村人たちはかねてより〈月光《げっこう》さま〉と呼んで崇《あが》めている。

日本酒がなによりも好きらしく、供え物は一合の酒と決まっているのだが、本当に祀られている銀孤が酒を飲んでいるかどうかは定かではない。

とはいえ、毎回のように茶碗が空になっているのは事実であり、他に酒がなくなる理由も見当たらないことから、銀孤が飲んでいるとまことしやかに言い伝えられてきたのだ。

「月光さま、新しいお酒ですよ」

祠の前にしゃがみ込み、石段に散っている落ち葉を払い落とし、空の茶碗を脇に下ろして新たな茶碗を供える。

「月光さま、今日も一日、村になにごとも起きませんよう、見守っていてください……」

目を閉じて両手を合わせ、声に出して祈る颯壱の頬を、ひんやりと心地よい風が撫《な》でていく。

瑞々《みずみず》しい葉を茂らせる木々に囲まれた祠には、陽光も届かない。このあたりだけあきらかに空気が違っている。さほど信仰心があるわけではないのに、いつも自然と神聖な気分になった。

「はぁ……」

ひとしきり願い事をした颯壱は、ため息交じりに祠を見つめる。

一緒にお参りをしていた祖父、そして、祖母までが他界してしまい、大きな古民家にひとりぼっちになってからというもの、祠に来てはぼんやりすることが多くなっていた。

あまりにも早く両親を失った孫を寂しがらせないようにという思いから、祖父母は実の子のように颯壱を可愛がってくれた。

村には伯父《おじ》夫婦と二歳上の従兄《いとこ》が住んでいて、身寄りがひとりもいなくなったわけではない。それでも、幼いころから一緒に暮らしてきた祖父母がいないのは、心にぽっかりと穴が空いたような虚《むな》しさがあった。

急なスランプに陥り、原稿が進まなくなっているのも、祖母を失った影響が大きい。それだけ彼らは特別な存在だったのだ。

「そういえば、今日って婆ちゃんの誕生日だっけ……」

ふと祖母のことを思い出し、力なく肩を落とす。

祖父母は欠かさず颯壱の誕生日を祝ってくれた。もちろん、颯壱もささやかながらも贈り物を用意して彼らを祝ってきた。

もうそれができなくなってしまったと思ったとたん、たまらない寂しさを覚えて涙が溢れ出す。

「婆ちゃんはいいよなぁ……天国で爺《じい》ちゃんと仲良くやってるんだろう？　僕、ひとりで寂しいよ……」

祠の前にしゃがみ込んだまま愚痴《ぐち》をこぼした颯壱は、がっくりと項垂《うなだ》れる。

「婆ちゃんがいないと、原稿が進まない……いつもみたいに励ましてよ……」

夜な夜なひとり和室でパソコンに向かっている颯壱に、祖母はよく夜食を持ってきてくれた。

『おまえの小説は面白いよねぇ、婆ちゃん、大好きだよ。次はどんな話なんだい？　楽しみにしてるから、頑張るんだよ』

優しい祖母の声が、脳裏にまざまざと蘇《よみがえ》ってくる。

「婆ちゃん……」

祖母の死から半年が過ぎた。いつまでもメソメソしていたら、きっと天国で見守ってくれている祖父母は心配するはずだ。

それなのに、頭ではわかっていても溢れてきた涙が止まらず、ポタポタと地面に落ちていった。

「男がいつまでも泣いているものじゃない」

どこからともなく響いてきた男の声に、項垂れていた颯壱は驚きにパッと顔を上げる。左から右へと視線を移していき、クルリと振り返ったそのとき、この世の者とはとても思えない格好をした男と目が合った。

「なっ……」

我が目を疑う光景に、息を呑《の》んで目を瞠《みは》る。

目の前に立っている男は、たいそう背が高く、整った顔をしていた。それに、なんとも派手派手しい衣裳《いしょう》を纏《まと》っている。

(なに、この人……コスプレしてるのか?)

足先までを覆う衣は眩《まばゆ》いほどに輝く金色で、色の異なる襟が幾つも重なっている。袖は袂《たもと》が大きくて長い。まるで、女性のために仕立てられたかのように艶《あで》やかだ。

上衣の中に穿《は》いているのは袴《はかま》で、こちらも金色に輝いていた。全体を眺めてみると、平安絵巻にでも登場しそうな絢爛《けんらん》豪華さだった。

(この格好で猫耳って……)

時代錯誤も甚だしい格好というだけでも驚きだというのに、男の頭には先端が尖《とが》った銀色の毛に覆われた耳が生えている。

(尻尾までつけてる……なんのコスプレなんだろう……)

やはり銀色の毛がふさふさとした、長い尻尾のようなものが後ろで揺れ動いていた。

銀髪、派手な衣裳、猫耳、長い尻尾など、すべてが禍々《まがまが》しすぎる。コスプレにしては、あまりにも異様だ。それに、こんな田舎の村にコスプレーヤーが現れるとは思えない。

想像の域を超えた姿の男の登場によって、颯壱の頬を濡らしていた涙もいつのまにか止まっていた。

「だ……誰……?」

目を瞠ったまま訊《たず》ねると、スッと片手を上げた男が前方を指し示す。

「私はその祠に祀られている月光、おまえが暮らす村の守り神だ」

「げっ……月光……さま?　まさか……」

颯壱はポカンと口を開けたまま、自ら月光と名乗った男を見返す。

祠に祀られている〈月光さま〉は銀狐であり、確かに男の髪も耳も尻尾も銀色だ。

とはいえ、人の姿で耳と尻尾がある男の言葉など、容易《たやす》くは信じられない。気が触れた男がどこからか迷い込んだ可能性もあり、颯壱は眉根を寄せて凝視する。

「ひとりが寂しくてしかたないのだろう?　しばらくおまえと一緒にいてやる」

男が訝《いぶか》る颯壱にそう言い放つなり、祠の前から取り替えたばかりの湯飲み茶碗を取り上げ、玄関へと続く細い砂利道を歩き出した。

「お、おい……ちょっと……」

スタスタと歩いていく男の後ろ姿を、呆然《ぼうぜん》と見つめる。

尖った両の耳はピンと立ったままで、長くて太いふさふさの尻尾は真っ直ぐ上を向いていた。

これは夢などではなく現実なのだろうか。本当にあの男は〈月光さま〉なのだろうか。

自らを神だと言うような輩《やから》が、まともであった例《ため》しがない。でも、男の姿形と言動はあきらかにおかしいのに、これっぽっちも恐怖を感じていない。

（どうして……あっ……）

首を傾《かし》げたとたんに、幼い日の出来事がポンと脳裏に蘇り、慌てて男を追いかけた。

祖父母と暮らし始めて間もないころのことだ。裏山でひとりでどんぐりを拾い集めていた颯壱は、派手な着物を纏った、尖った耳と長い尻尾がある銀髪の男と遭遇した。

あまりの美しさに圧倒されて立ち尽くした瞬間、男は光に包まれるようにして姿を消してしまった。

急いで男がいた場所へ駆けていったときにはなにもなかったけれど、間違いなくこの目で美しい男を見たと言い切れる颯壱は、家に戻って祖父母に話して聞かせたのだ。

それが、どんなに一生懸命、説明しても、夢でも見たのだろうと取り合ってもらえず、その話題はそれきりになってしまった。

とはいえ、そうした体験をしたからこそ、颯壱は空想の世界に興味を募らせるようになったのだ。

小さなころは子供向けの神話、昔話、空想小説ばかり読み、中学生になると世の中に山ほど出回っているライトノベルにのめり込んだ。

歳を重ねるごとにただ読むだけでは物足りなくなり、自ら小説を書くようになり、その結果、今があるのだった。

(夢じゃなかったのか？　あのとき見たのも月光さまだったのか？)

祠に祀っている銀狐は正体のないものだと決めてかかっていたが、守り神として崇められていた彼は、人の姿になることができるのかもしれないと思い始める。

(確か、妖狐《ようこ》とか言うんだっけ……)

妖術を使って人に化けた狐《きつね》が登場する昔話を幾つか読んだことがあったが、ファンタジーの世界が好きであっても実際に存在するとは思っていなかった。

想像上の生き物だとばかり思っていたのに、もし本当に存在しているのだとしたら、とんでもないことだ。

驚きが大きいのはもちろんだが、同時に持ち前の好奇心が一気に湧き上がってきた。

「あっ……」

前を歩いていた男が、玄関の引き戸を開けて家の中に入っていく。

「勝手に入るなんて……」

まだ半信半疑の颯壱は、駆け足で追いかける。

玄関には金色の草履が脱ぎ捨ててあり、廊下の奥に目を凝らしても男の姿は見えない。

「どこに行ったんだ？」

スニーカーを脱いで廊下に上がり、一番手前にある襖《ふすま》の開いた客間を覗《のぞ》いてみると、男が片膝を立てて座布団に座り、贅沢にも欅《けやき》の一枚板で造った座卓に片腕を乗せていた。

古い家の客間なので二十畳ある。奥には廊下側に付書院、反対側に違い棚の床脇、欅の床柱がある本床の間が設けられていた。

日当たりのいい場所にあり、天気のよい日はすべての障子を閉めていても、充分な明るさに包まれる居心地のいい一室だ。

そこに断りもなく上がり込み、湯飲み茶碗に満たした酒を飲んでいる彼は、すっかりくつろいでいるように見える。

「あ、あの……本当にここで暮らすのか？」

向かい側に正座をするなり訊ねると、男が湯飲み茶碗を傾けながら大様にうなずき返してきた。

「その格好で？　それが普段着なのか？」

両手を座卓について身を乗り出した颯壱を、男がちらりとこちらを見やってくる。

威嚇《いかく》されたような気がして、思わずスッと身体を引いてしまう。

間近でよく見てみると瞳まで銀色で、その輝きは少し獣のようでもある。それに、額にかかる前髪の隙間から三日月の形をした薄い痣《あざ》が見えた。それこそ、彼が月光さまと呼ばれるようになった銀孤の証しだ。

銀孤を村の守り神として崇めるようになったのは、遥《はる》か昔、怪我《けが》をして迷い込んできた銀孤を助けてやったことに始まる。

手当てをしてやった狐は毛並みばかりか瞳まで銀色だったが、額にだけ金色の毛が生えていて、それが三日月の形をしていたため、村人たちは月光と名付けて可愛がった。

怪我が治ったその後も村で暮らした銀孤は天寿をまっとうし、村人たちによって手厚く葬られた。

それからしばらくすると、水害が多発していたはずの村が被害に遭わなくなり、村人たちは銀孤の恩返しだろうと冗談交じりに言うようになった。

ある嵐の夜、天空に向けてなにかを叫んでいる妖狐を目撃した守山家の先祖が、月光が村を守ってくれているに違いないと思い、裏山に祠を造って村の守り神として祀るようになったのだ。

銀色の髪と瞳、耳と尻尾、額に月形の痣――こんなにも偶然が重なり合うはずがない。

(本物の月光さまだ……)

妙な格好をしている目の前の男が、月光に間違いないと確信した颯壱は、にわかに胸を躍らせる。

「その姿で人前に現れて大丈夫なのか？　あっ、それより今、何歳になるんだ？」

いったんは怯《ひる》んで身を引いたが、再び前のめりになって質問を続けた。

訊《き》きたいことが山ほどある。こんなにも貴重な体験は、二度とできないかもしれないと思うと、どうしても気が急《せ》いてしまうのだ。

「おまえは口の利き方がなってない」

湯飲み茶碗をドンと座卓に下ろした月光が急に声を荒らげ、ビクッと身体を震わせた颯壱は正座をし直して肩を窄《すぼ》めた。

「いいか、私はおまえより遥かに歳上なんだぞ、口の利き方には気をつけろ」

「は、はい……」

村の守り神として崇めてきた相手に対して、不躾《ぶしつけ》にも矢継ぎ早に質問してしまったことを恥じ、正座したまま座布団の後ろに身体を移して平身低頭で詫びる。

「すみませんでした……以後、気をつけます……」

畳に額がつくほど深く頭を下げてから恐る恐る顔を上げると、月光は再び手にした茶碗から酒を呷《あお》っていた。

「おまえ、私が恐ろしくないのか？」

妖しく輝く銀色の瞳でジッと見つめられた颯壱は、ぶんぶんと大きく首を左右に振って否定する。

「頼もしいことだ」

ククッと笑って揺らした彼が、再び茶碗を口に運ぶ。

「ああ、美味《うま》い……久しぶりに外で酒を飲んだが、やはり格段に美味いな」

あごを大きく反らして酒を飲み干した彼が、感慨深げに言いながらこちらに向けて茶碗を差し出してくる。

「新しい酒を注いできてくれ」

月光が早くしろと言いたげに、茶碗を持つ手をこれ見よがしに振ってきた。

横柄な態度は感じが悪くて少しばかりムッとしたが、顔にも言葉にも出すことなく黙って茶碗を受け取り、客間をあとにする。

不満を口にしたとたん、月光は機嫌を損ねて祠に戻ってしまうだろう。それだけはどうしても避けたかったのだ。

足早に廊下を歩いていた颯壱はふと思い立ち、台所に入るなり流し台の下から一升瓶を取り出し、それを持って客間に急いで戻っていった。

「お待たせしました」

月光の向かい側に正座し、座卓に下ろした湯飲み茶碗に、持ってきた一升瓶の酒を注いでいく。

「お酒はたくさん用意してありますので、たっぷり召し上がってください」

「なかなか気が利くではないか」

颯壱が差し出した茶碗を受け取った月光が、満足げな顔で酒を飲み始める。

片手を畳につき、膝を立てて茶碗を傾けている彼を、いつでも酒を注げるよう座卓に下ろした一升瓶に手を添えたまま見つめる。

なんとも不思議な光景だ。本当にこれは夢じゃないのだろうか。尖った大きな耳、太くて長い尻尾、銀色の髪や瞳は、とても現実のものとは思えない。

ましてや、時代錯誤としかいいようのない衣裳を着ているのだから、なおさら現実味が感じられない。

（それにしても、いい男だよなぁ……）

西洋人のように彫りの深い端正な顔立ちは、絶世の美男子と称するほかなく、同じ男であっても目が離せなくなる。

耳と尻尾を隠した状態でスーツを纏って街に出たら、さぞかし女性の注目を浴びるに違いない。

見事な長身と銀色の髪を生かせば、一流のファッションモデルとしても通用しそうだなと、そんなことを考えていたら疑問が浮かんできた。

「あの……怪我をして村に迷い込んできたときは、普通の狐だったんですよね？　どうして人の姿になれるようになったんですか？」

素直に問いを投げかけてみた颯壱に、月光が茶碗を持つ手を伸ばしてくる。

早くも飲み干したのかと半ば呆れつつも、機嫌を損ねないようそそくさと一升瓶を持ち上げ、彼から受け取った茶碗に酒を注いでいく。

「私を救ってくれただけでなく、天寿をまっとうした私に墓まで作ってくれた村人たちに、どうあっても恩返しがしたかったのだ」

「でも、一度は死んでしまったのでしょう?」

酒を満たした茶碗を彼の前に置き、座卓に置いた一升瓶を片腕に抱えて見返す。

「強く念じたことによって、私は妖狐として生まれ変わることができたのだ」

「念……ですか?」

「そうだ。強く念じれば願いは叶うということを、覚えておくといい」

静かに言い放った月光が、新たに満たされた酒を飲んでいく。

「はい」

素直に返事をすると、彼はそれきり黙ってしまった。

黙々と酒を飲む彼のちょっとした動きに、衣擦れの音がする。

長閑な村の一軒家に雑音は届いてこないから、とても鮮明に聞こえた。普段は耳にすることのない音が、なんとも心地よく感じられる。

それにしても、どうして女性のような衣裳を着ているのだろう。なにか理由があるのだろうか。

衣擦れの音に耳を傾けながらそんなことを考えていると、不意に茶碗を座卓に下ろした月光が両手を大きく広げた。

「ふあぁ~~~~~」

人目を憚《はばか》ることのない盛大な欠伸《あくび》をしたかと思うと、そのまま曲げた片腕を枕に、畳の上でゴロリと横になる。

「月光さま？」

急なことに驚いて声をかけたが、月光から返事はない。

心配になって躙《にじ》り寄った颯壱が彼の顔を覗き込むと、静かな寝息が聞こえてきた。

立て続けに酒を呷った彼は、早々に酔いが回ったのか、まだ朝だというのに眠ってしまったようだ。

朝晩、欠かすことなく酒を供え、手を合わせ続けてきた村の守り神とは思えない怠惰さに、颯壱は甚だ呆れてしまう。

とはいえ、気持ちよさそうな寝顔を見てると、興味が募ってくる。眠っているのをこれ幸いとばかりに、じっくりと観察していく。

まずは、気になる耳だ。尖った獣の耳は、いったいどうやって生えているのだろうか。

「本物だ……」

怖々と触れてみた耳は、毛並みがとても柔らかで、触り心地がいいだけでなく、ほんのりと温かみがあった。

銀色の長い髪との境目はよくわからなかったけれど、どうやら頭から直《じか》に生えているようだ。

「普通に耳もあるのかな？」

　こそこそ独りごちながら、頬にかかっている銀の髪を指先で避けてみるが、そこに人間と同じ耳は見当たらなかった。

　人の姿に化けても獣の耳と尻尾を消せないのではなく、はじめからある物として双方が存在しているのかもしれない。

「お酒を飲んでるときは見えなかったけど……」

　狐なのだから細く鋭利な牙《きば》があるはずだと思い、月光を起こさないよう注意深く指先で唇を捲《まく》った。

「う……ん」

　小さく呻《うめ》いた月光が肩を動かし、慌てて手を引っ込める。

　息を殺してジッとしていると、彼は目を開けることなく再び寝息を立て始めた。

「ふぅ……」

　安堵《あんど》のため息をこっそりともらした颯壱は、牙を確認することは諦めて尻尾へと視線を移す。

　よくよく見てみると、丈の長い衣裳の背面は腰のあたりから左右に分かれていて、下に穿いている袴の帯上あたりから尻尾が飛び出していた。

尻尾の長さは五、六十センチといったところだろうか。そっと撫でてみると、銀色の毛は思わず頬擦りがしたくなるほどフワフワしていた。

冷え込む夜などは、この長い尻尾を胸に抱いて眠ったら、さぞかし気持ちがよさそうだ。

目に見えるところは、とりあえず確認ができた。他に気になるところといえば、やはり男の大事な部分だろう。

気づかれないまま、袴の紐《ひも》を解くのは難しそうだ。それに、袴など穿いたことがないから、紐を解いてしまったら元に戻せそうにない。

「どうしよう……」

袴の中を見てみたいという思いと、我慢すべきだという思いが交錯する。

「うーん……気になる……」

湧き上がってくる好奇心に負け、そろそろと袴の紐に手を伸ばす。

けれど、結び目に指先が触れると同時に腕を掴《つか》まれ、ギョッとして身を固くした。

「寝込みを襲う趣味でもあるのか?」

そう言った月光に腕をグイと引かれ、颯壱は仰向《あおむ》けにひっくり返る。と同時に素早く起き上がった彼に両の肩を押さえつけられた。

「なっ……」

銀色の瞳で間近から顔を覗き込まれる。息を呑むほど端麗な顔が間近に迫り、なぜか心臓が早鐘を打ち出す。

「こうして近くで見てみると、なかなかそそる顔をしているな。どんぐり色をした瞳は愛らしく、桜色の唇は柔らかで美味そうだ」

真っ直ぐにこちらを見下ろしている月光が、ニヤッと笑って舌なめずりをする。

尖っている耳がことさらピンと立ち上がり、背中では太くて長い尻尾が大きく揺れ動いていた。

人の姿をしているけれど、彼の本来の姿は銀孤だ。狐が人を喰《く》らうという話は聞いたことがなかったけれど、舌なめずりをしている彼に取って喰われそうな気がした。

「ぼ……僕を食べるのか？」

身動きが取れない颯壱は、恐怖に身体を震わせながら月光を見上げる。

「人など喰わぬ」

「本当に食べないのか？」

彼はいともあっさりと答えを返してきたが、にわかには信じられなかった。

「あたりまえだ。だいたい、おまえが寂しがっているからそばにいてやると言っているのに、喰うわけがないだろう」

颯壱の肩から手を離して身体を起こし、片膝を立てて畳に座った月光が、呆れたように笑う。

（そういえば……）

いきなり姿を現した彼に、祠の前で言われたことを颯壱は思い出す。

酒を供えに行っては寂しいと愚痴《ぐち》を零してばかりだったから、彼は自分を慰めるために姿を見せてくれたのだ。

態度は癇《かん》に障るくらい横柄ではあるけれど、村人たちに恩返しをしたいという思いから妖狐になった彼は心根が優しいのだろう。

「疑ったりしてごめん……」

畳に片手をついて起き上がり、その場に正座をした颯壱は、神妙な面持ちで月光を見つめる。

祖母が逝ってから半年、ずっと寂しい思いをしてきた。ただでさえ広い家が、これまで以上に広く感じられ、あたりが静まり返ってしまう夜などは、自分ひとりになってしまったことを思い知らされ、泣いてしまうこともあった。

月光はそんな自分を憐《あわ》れみ、祠の外へと出てきてくれたのだ。寂しさを紛らわせてくれようとしているのに、恐れを抱いて疑ってしまった自分が恥ずかしい。

「そろそろ畑の手入れをする時間ではないのか？」

月光がふと視線を窓の外に向けた。

陽はすっかり空高く昇っていて、客間の時計に目を向けてみれば、間もなく八時になろうとしている。

祖母は庭の一画に畑を作り、野菜を育てていた。丹念に手入れをしてきた畑は実りが多く、記憶にあるかぎり野菜を買ったことがない。

祖母の死後、颯壱はしばらくなにも手に付かず、畑も放りっぱなしになっていた。けれど、祖母の畑を荒らしてはいけないと思い直し、毎日欠かさず手入れをするようになった。そして、畑仕事を始めるのは、いつも朝の八時からなのだ。

「どうしてそんなことを知っているんだ？」

不思議に思って問いを投げかけた直後に、慣れ慣れしい口調で訊いてしまったことに気づき、しまったと胸の内で舌を打つ。けれど、月光の表情は変わらず、窘《たしな》めてくることもなかった。

言葉を改めようかと迷ったけれど、文句を言ってこないのだからいいだろうと、そのまやり過ごす。

「私は村の守り神なのだ、村人のことはなんでも知っている」

答えを返してきた月光は、誰にものを訊ねているのだと言いたげな顔をしている。

「そっか……」

妖狐である彼は祠にいてもすべてが見通せるのだと、いまさらながらに思い当たった颯壱は苦笑いを浮かべて立ち上がった。

「じゃ、ちょっと畑に行ってくる」

「ひとりでは寂しいだろうから私も一緒に行ってやるぞ」

恩着せがましく言って腰を上げた月光が、そのまま客間を出て行こうとする。

「待って……」

慌てて呼び止めると、足を止めた彼がこちらを振り返ってきた。

「なんだ?」

「そんな姿を見たら、村の人が驚くよ」

平安調の衣裳を着ているだけでも目立つというのに、尖った耳と長い尻尾があるのだから、村人に見つかったとたん騒ぎになるのは目に見えている。

「そうだな……おまえ以外の人間にこの姿を見られたくはない」

「じゃあ、ここでおとなしく待ってて」

月光を客間に残し、廊下へと出て行く。

シャツの袖を捲り上げながら玄関に向かって廊下を歩き出したところで、ふと背後に人の気配を感じて振り返った。

「えっ……？」

「これなら外に出てもいいだろう？」

その声は紛れもなく月光のものだ。けれど、姿はまったくの別人になっていた。

白い長袖のシャツを着て、黒いスラックスを穿き、長い銀色の髪を後ろでひとつに束ねている。

ぴょこんと立ち上がった耳はなく、後方を覗き込んでみると長くて太い尻尾も生えていない。瞳の色までが銀色から濃い灰色に変わっていた。

シンプルな装いながらも、その姿はどこか洗練されていて、都会で暮らす青年のような風情になっている。

銀色の髪がやけに目立つけれど、都会から離れた地方であっても、ひとたび街に出ればさまざまな色に髪を染めた若者たちと出会う。

月光の洋風な顔立ちには銀色の髪が似合っていて、少し派手な感じがする程度だった。

「変身できるのか？」

驚きに目を瞠って見返すと、月光が得意げに笑った。

「私を誰だと思っているのだ？　人の姿になることなど容易い。ただ、耳と尾を完全に隠すにはよけいな妖力を使うから、こうした姿はあまり好まないだけだ」

「へぇ……」

颯壱は感動の面持ちで月光を見つめる。

数あるファンタジー小説の中には、魔法を扱った作品も多い。現実にはありえない設定を盛り込むからこそ、壮大で面白いストーリーができあがるのだ。

妖術は魔法と同じであり、誰もが本当に使える者などこの世にいないと思っている。もちろん、颯壱もそれは同じだった。

魔法が使える少年や、獣と人間とのあいだに生まれた獣人など存在しないとわかったうえで作品に登場させてきた。

それなのに、妖術を使える月光と出会ってしまったから、現実と非現実の境目がわからなくなってくる。

彼が妖術を使う現場をこの目で見たわけではないけれど、人間ではないことだけは確かであり、まるでファンタジーの世界に紛れ込んでしまったような気分だった。

「行くぞ」

颯壱の肩をポンと叩いてきた月光が、先に玄関へ向かって歩き出す。

「あっ……靴は？　外に出るのに裸足《はだし》じゃダメだよ」

月光の足に合うサイズの靴がないことに気づいて声をかけると、廊下の端まで行ったところで彼がふと立ち止まった。

玄関には颯壱のスニーカーが脱ぎ捨ててある。どうやらそれを見つめているようだ。

同じ形の靴を妖術を使って出すつもりなのかもしれない。その瞬間がどうしても見たくて、急いで駆け寄って行く。

しかし、颯壱が追いつくより寸前に、廊下を降りた彼は引き戸を開けて外に出て行ってしまった。

目を凝らしてみると、黒い靴らしきものを履いている。いったい、どうやって靴を出したのだろうか。

創作物に登場する特殊能力者たちは、おおむね力を発揮するときに呪文を唱え、大袈裟な動きをするものだ。

けれど、彼はとくに変わった動きをしなかった。念じるだけで、変身したり物を出したりすることができるのだろうか。月光への興味は募るばかりだ。

「変身するところが見たいよなぁ……着ていた衣裳とかどこにいっちゃうんだろう……」

あれこれ考えながらスニーカーを履いて家を出ると、月光の姿がすでにない。先に畑に行っているのだろうと思い、納屋にバケツとハサミを取りに寄ってから彼を追いかけた。

畑は広い敷地の中でもっとも日当たりのよい南側にある。そこで、祖母はさまざまな野菜を育ててきた。

夏から秋にかけ収穫できるよう、今はさといも、春菊、ブロッコリー、人参《にんじん》、茄子《なす》、インゲン、ピーマン、トマト、キュウリなどが植えられている。

大学を卒業して祖母と二人暮らしをするようになってからは、畑の手入れを手伝ってきたから、ひとりになっても困ることはなかった。

作業をしているときに話し相手がいないのは寂しく、感傷的になってしまうこともあったけれど、祖母との思い出が詰まった畑にいると心が穏やかになったりもした。

「あんなところに……」

畑まで来てようやく月光の姿を見つけ、颯壱ははたと足を止める。

最初は彼に畑仕事を手伝わせるつもりでいた。けれど、村の守り神である月光さまの手を汚させていいものだろうかと、迷い始めたのだ。

「さすがにまずいよな……それに、手伝えとか言ったら怒られそうだ」

庭を囲っている木の柵に寄りかかり、のんびりと空を見上げている月光は、はなから手伝う気などなさそうに感じられ、颯壱はかまうことなく畑の手入れを始める。

「ごはんはなににしようかなぁ……」

ひとりつぶやきながら、落ちている枯れ葉を拾い、しおれた葉や、痛んだ実をハサミで切り取り、バケツに入れていく。

昔はよく水害にあったものだと聞かされたが、颯壱が暮らし始めてからは天候が荒れたことはない。

村で暮らしてきた人々は、長いあいだ難を逃れているのは、守り神の月光さまがいるからだと信じきっている。

颯壱は朝晩のお参りを欠かさない。でも、それは守山家の努めだからであり、さすがに月光さまが本当にいるとは思っていなかった。

それが、こうして月光の存在を目《ま》の当たりにしてしまうと、彼によって村が守られてきたのだと信じざるを得ない。

年間を通して大きな災害に見舞われることもなく、この季節などはほどよく雨が降るため、畑に水を撒《ま》く必要もない。

日々の手入れさえ怠らなければ、野菜は勝手にすくすくと伸びていき、枝がしなるほど大きな実が幾つも育つのだ。

苗の植え替えや、種蒔きの直後は、なにかと手がかかる。けれど、収穫の季節は不要な葉や実を取り除いてやるだけでいい。

ひととおり畑を見て回り、集めた枯れ葉などを捨てたあとは、その日に食べるぶんだけの実を収穫するだけだった。

「トマトとキュウリ……あっ……」

空にしてきたバケツを脇に下ろし、身を屈《かが》めて赤く熟したトマトに手を伸ばそうとしたところで、颯壱はふと背を伸ばして月光に目を向ける。

言い伝えどおり彼は大の酒好きのようだが、食事はどうしているのだろうか。一緒に食べるのだとしたら、二人分の料理を作らなければならない。

「私は酒だけあれば充分だぞ」

まるでこちらの思いを見透かしたように声をかけてきた月光が、柵を離れて歩み寄ってくる。

「いつものように、自分が食べるぶんを収穫すればいい」

そう言って目の前で足を止めた彼が、たわわに実っているキュウリやトマトを眺めた。

「なにも食べないで平気なの？」

「ああ、精力の源は酒だからな」

真顔で答えてきた月光が、大きく育ったキュウリに手を伸ばす。

「食べたからといって害があるわけではないが、基本的に必要としないのだ」

「そっか……」

ため息をもらした颯壱は、身を屈めてトマトを切り取り、バケツにそっと入れる。

ずっとひとりの食事が続いてきたから、一緒に食べられないのだとわかり、ちょっと残念な気がした。

「これもいるのだろう？」

月光が勝手にキュウリをもぎ取り、バケツに入れてくる。

新鮮なキュウリには鋭利な棘《とげ》がたくさん生えているというのに、まったく気にした様子もない。

「痛くないの？」

「なにがだ？」

「掌《てのひら》に棘が刺さらなかった？」

思わず彼の手を取り、広げた掌をしげしげと見つめる。

指先に伝わってくるのは人の温もりで、感触も人の手と同じで柔らかだ。それなのに、棘の一本も刺さっていない。

「しょせん、仮の姿だからな」

柔らかに微笑《ほほえ》んだ月光が、驚きの顔で見上げる颯壱を銀色の瞳で見つめてくる。

初めて目にした笑顔に思わずドキッとしたのに、さらに魅惑的な色合いの瞳で見つめられ、妙な恥ずかしさを覚えて目を逸《そ》らす。

(どうしたんだよ、なんでなんだよ……)

頬や耳がカーッと熱くなるのを感じ、にわかに戸惑う。

月光はただ笑ってこちらを見てきただけだというのに、顔を赤らめ、鼓動を速くしている自分が信じられなかった。

(やだなぁ……)

早く火照りが引いてくれないと、顔を合わせることもできない。

ずっとそっぽを向いていたら、月光も変に思うはずだ。

「颯壱──っ」

遠くから大きな声で呼ばれ、顔をそちらに向ける。

近くで暮らしている従兄の守山賢太《けんた》が、門の手前に停めた軽トラックの脇に立って手を振っていた。

「おはよう――」

颯壱は声をあげて、手を振り返す。

門を開けて入ってきた彼は、白いビニール袋を片手に提げていた。

「これ、いつもの」

畑まで走ってきた賢太が、颯壱にビニール袋を差し出してきた。

つばを後ろに向けたキャップを被り、白いタオルを首にかけ、紺色のTシャツにデニムパンツ、そして、少し汚れたスニーカーを履いている。

がたいがよくて精悍な顔立ちの賢太は、まさに好青年といった外見をしているが、好感が持てるのは見た目ばかりではない。

実家が経営する養鶏場を手伝っている彼は、誰もが認める働き者だ。そのうえ、ことのほか面倒見がよく、両親ばかりか祖父母まで失ってしまった颯壱を心配し、月に何度か鶏肉や卵を届けてくれていた。

「ありがとう、助かるよ」

持っていたハサミをバケツに入れてビニール袋を受け取り、颯壱は笑顔で礼を言ったのだが、賢太はどこか上の空だ。

どうやら、後ろにいる見知らぬ男が気になっているらしい。どうやって紹介したら怪しまれないだろうかと、急いで思いを巡らせる。

月光は他の人に存在を知られたくないようだから、本当のことは言えない。それに、ありのままを伝えたところで、賢太が信じてくれるとはとても思えない。

月光はこれからしばらく同じ家で暮らすのだから、もっともらしい理由が必要になってくる。

田舎に相応しくない風情をした月光が、古民家で暮らすことになってもおかしくない理由を必死に考えた。

「賢ちゃん、こちら月光……さん」

思わず〈月光さま〉と言いそうになって慌てたながらも、どうにか誤魔化した颯壱は何食わぬ顔で先を続ける。

「今日からしばらくウチで暮らすことになったんだ」

「颯壱と一緒に？」

「田舎暮らしに興味を持ってる人がいるって聞いて、それなら部屋ならいくらでもあるからウチで宿泊体験すればってことになったんだ」

月光の風貌《ふうぼう》が田舎暮らしに興味があるようには見えそうになく、少し無理があるようにも感じたが、他になにも思い浮かばなかったのだ。

「なんか、最近はそういう人が多いらしいね？　ついこの前も、テレビで田舎体験みたいのを紹介してたよ」

意外にも賢太が簡単に納得してくれたのは、疑うことを知らない純朴な人柄をしているからだろう。しかたのないこととはいえ、騙《だま》したことを申し訳なく思う。

「はじめまして、颯壱の従兄の守山賢太です。ここは本当になにもない村だから、田舎過ぎて驚いたでしょう？」

賢太が持ち前の人懐っこさを発揮して声をかけると、月光が前に出てきた。

「はじめまして、月光です。田舎暮らしをとても楽しみにしてきたんです。しばらくお世話になりますので、よろしくお願いします」

「この村には月光さまと呼ばれている守り神がいるんですけど、同じ名前なんですね？」

「僕も聞いて驚きましたよ。でも、光栄なことです」

驚いたことに、月光が愛想よく受け答えをしている。

あの横柄な態度は、いったいどこに行ってしまったのだろうか。疑われないように、彼なりに気を遣ってくれているのだろうか。なにしろ、まったくの別人のように見える。

「これといって見るような場所もないところなんですけど、俺は大好きな村なんで楽しんでください」

「ありがとうございます」

にこやかに礼を言う月光を、感心と呆《あき》れが入り交じった思いで見ていると、賢太がいきなり颯壱の腕をポンと叩いてきた。

「じゃ、俺、帰るから」

「いつも、ありがとう」

手を振って帰って行く賢太を、その場で見送る。

彼が乗り込んだ軽トラックが、間もなくして見えなくなり、ようやく胸を撫で下ろす。

「心が綺麗《きれい》な男だ」

月光のつぶやきが嫌みに聞こえてしまい、颯壱はムッとした顔で振り返る。

「僕の心が綺麗じゃないみたいだね？」

「そんなことは言っていないが？」

すかさず言い返してきた彼が、声を立てて笑う。

「畑仕事もすんだのだろう？　家に戻るぞ」

月光はそう言うなり、颯壱を残して畑を出て行く。

銀色の髪を太陽に輝かせながら、悠然と歩いて行く彼の後ろ姿を、唖然《あぜん》と見つめた。

さっきまでは愛想よく振る舞っていたのに、賢太が帰ったとたん大きな態度に出られると、馬鹿にされた気分になってくる。

「ムカつく……」

寂しがっているのが可哀想《かわいそう》に思えたから、慰めるために自分の前に姿を見せてくれたのではなかったのか。

勝手に家に上がり込み、酒を呷って居眠りをしたかと思えば、一緒に畑に来ても手伝うわけでもない。

外の世界で少し暮らしてみたかっただけで、本当は自分のことなど気にも留めていないのではと、そんなふうに思えてきた。

「一緒にいても腹が立つだけだから、すぐ祠に戻ってもらおう」

自分勝手すぎる月光に呆れかえった颯壱は、賢太からもらったビニール袋をバケツに入れ、それを片手に提げて畑をあとにする。

急ぎ足で家に戻ってくると、玄関に見慣れない黒い革靴が脱ぎ捨ててあった。月光が履いていたものだろう。

スニーカーではなく革靴だったことに驚く。あのときの月光はスニーカーを見ていたようだから、それを見本にして同じ形の履き物を妖術で出したのだと思っていた。

あの服装ならば、確かに黒い革靴のほうがしっくりくる。見本となるものがなくても、革靴を出すことができたのは、前にどこかで見たことがあるからだろうか。

「でも、洋服だって僕が着ているのを完全に真似《まね》たわけじゃないみたいだし……」

長袖の白いシャツはほとんど同じ形をしていたが、下に合わせたのはデニムパンツではなく黒いスラックスだ。

「よくわからないや」

考えても無駄に思えて肩をすくめた颯壱は、スニーカーを脱いで廊下に上がる。

月光の正確な年齢はわからない。もとより妖狐に年齢があるのかどうかすら疑問だ。

とはいえ、幼いころに一度、人に化けた彼を見ているのだから、こちらの世界には幾度かやってきているはずなのだ。

現代の男性がどういった格好をしているのかくらいは、彼も知っているのだろう。

「あっ……」

台所に向かうつもりで廊下を歩き出した颯壱は、襖が開け放しになっている客間の前で足を止め、中を覗き込んだ。

早くも煌《きら》びやかな衣裳を纏った姿に戻った月光が、すっかりくつろいだ様子で座卓を前に片膝を立てて畳に座っていた。

頭には尖った耳があり、ふさふさの長い尻尾も見える。どれほど態度が大きくても、尻尾と耳があるから可愛く思えてしまう。

颯壱が腹を立てたことも忘れて見ていると、視線に気づいたらしい月光がこちらを振り返ってきた。

「ああ、戻ったのか……早く酒をくれ」

あごでこき使うような物言いに、再び苛立《いらだ》ちを覚えて食ってかかる。

「お酒なら台所にあるから、勝手に飲めばいいだろう」

「なんと可愛げのない」

月光が呆れたように首を横に振った。

「うるさい、だいたいあんたは……」

黙っていられなくなり、バケツを廊下に下ろして客間に入っていく。

「賢ちゃんの前では人のよさそうな振りして、あの態度の差はなんなんだよ?」

月光のすぐ横で両膝をつき、勢いに任せて片手を座卓に叩きつけた。

「うん？　賢太と仲良くしたのが気に入らないのか？　まるで自分だけがのけ者にされたから羨《うらや》んでいるみたいだぞ」

「なんでそうなるんだよ！　そんなわけないだろ！」

曲解も甚だしいと声を荒らげたとたん腕を掴まれ、颯壱は抗《あらが》う間もなく畳に押し倒される。

「なにするんだよ、手を離せよ！」

「そんな怖い顔をするな。私はおまえ以外に心を開いたりしない」

「なにを言って……」

言い返そうとしたのに、いきなり月光が顔を近づけてきたものだから焦《あせ》ってしまう。

このままでは互いの顔がぶつかる。避けなければと思った瞬間、彼に唇を塞がれた。

「んん……」

理解し難い行動に驚き、身体が動かなくなる。

（なんでキスなんか……）

月光がなにを考えているのかさっぱりわからない。

空想の世界に浸っているのが好きだったから、あまり異性に興味を持つことなくきてしまった。

それでも、恋愛願望はあったし、初めて交わすキスを夜な夜な思い描いた時期もあったのだ。

それなのに、村の守り神として崇めてきた彼に、ファーストキスを奪われている。どうしてこんなことになったのだろう。

「ん……ふっ」

唇をペロリと舐《な》められ、甘噛みされたこそばゆさに、硬直しているはずの身体に震えが走り、そのまま脱力していく。

「う、んん」

いきなり歯列を割って入り込んできた舌に、またしても全身が強《こわ》ばった。

唇から逃れたくて懸命に顔を背けようとしても、いつの間にか頭を抱き込まれていて思うようにならない。

月光の舌が口内を好き勝手に動き回り出す。舌先で歯列をなぞられ、口蓋《こうがい》を突かれ、あげくは舌を絡めてこようとしてきた。

舌が触れ合った瞬間、背筋がゾクリとした颯壱は、そうはさせるかと舌を引っ込める。

それでも彼は諦めることなく、舌を追いかけてきた。必死に逃げ惑ったものの、ついには搦《から》め捕られてしまう。

「ん――――っ」

きつく吸い上げられ、あごが大きく上がる。

月光を押し退けたいのに手がピクリとも動かず、舌を噛んでやりたいのにあごに力が入らない。

何度も繰り返されるくちづけに、抗う気力が失せていく。搦め捕られた舌を吸われるのすら心地よく思え始め、もう為すがままだ。

どれくらいの時間が過ぎたのだろうか。いつ終わるともしれないくちづけに、肌のそこかしこがざわめいていて、唇が腫れているかのように熱を帯びてきている。

けれど、あまりにも長いくちづけに頭の中が白くなり始めたとき、身体に異変を覚えた颯壱は力任せに顔を背けた。

「んっ」

「おまえに快楽を教えてやる」

息も触れ合う距離で囁《ささや》いてきた月光が、大きな手で颯壱自身を包み込んでいる。

どこでデニムパンツのファスナーを下ろされたのか、いつ下着の中に手を入れられたのか、まったくわからない。

男の姿をしている月光に己を握られ、混乱の極みに達した颯壱は、驚愕《きょうがく》の面持ちで彼を見返した。

「おとなしくしていろ」

目を細めてそう言った彼が、ゆるゆると手を動かし始める。

そう言われたところでおとなしくしていられるわけがなく、ありったけの力を両手に込めて月光の肩を押した。

けれど、彼の身体はビクともしない。そればかりか、力任せの抵抗すら片手で楽々と封じ込んでくる。

「ああぁ……」

輪にした指で己を扱《しご》かれ、下腹に広がっていった甘酸っぱい痺《しび》れに、一気に脱力してしまう。

「やだ……やめろ……」

拒絶の声すら無視してきた彼が、あろうことか頭をもたげてきた己のくびれを指で絞り込んできた。

そのまま先端に向けて指を動かされ、たまらない快感が弾ける。くびれから先端部分をしつこく責め立てられ、押し寄せてくる快感に己がついに硬く張り詰めた。

「月光……手を離せよ」

両手で肩を押しながら、必死に腰を捩る。

自慰すら滅多にしないせいなのか、身体が素直に快楽に溺《おぼ》れていく。このまま続けられたら、とんでもないことになってしまうだろう。

それなのに、どれほど腰を動かしても、しっかりと己を掴んでいる彼の手から逃れることができない。

「ひっ……」

指の腹で鈴口を擦《こす》られ、喉の奥から引き攣《つ》った声がもれた。

自分でも触れたことがない場所を、男の指で擦られているのに、嫌悪感を覚えるどころか心地いい強烈な痺れに身が震えてしまう。

「濡れてきたな」

月光の熱い吐息交じりの声が、火照っている耳をくすぐっていく。

それだけのことに肌が細波《さざなみ》立ち、もうどこでどう感じているのか自分でもわからなくなっていた。

「んっ……く……」

先端から溢れ出した蜜に濡らした指先で、硬く張り詰めた己の裏筋をなぞられ、投げ出している脚が痙攣《けいれん》する。

下腹を支配し始めた馴染みある感覚にすべての意識をもっていかれた颯壱は、我を忘れて腰を前後に揺らし始めた。

「あっ、ああっ……」

己に触れているのが誰かとか、そんなことはどうでもいい。

押し寄せてくるたまらない快感に身を任せ、精を解き放ちたいだけだった。

「んんっ……ふ……ぁ」

どんどん快感が高まっていき、畳に爪を立てた颯壱は、自らねだるように腰を突き出し、あごを大きく反らす。

「達したいのか？」

耳をかすめていった甘声に、無心でコクコクとうなずき返した。

あと少しで昇り詰めることができる。燃えるように熱くなっている己を、根元から手早く扱いてほしくてしかたない。

「いいだろう」

どこが楽しげな声が聞こえると同時に、今にも弾けそうな己から手が遠ざかり、快感が途切れた驚きに慌てて頭を起こした。

「なっ……」

目に飛び込んできた衝撃的な光景に、颯壱はゴクリと喉を鳴らす。

身体の向きを変えた月光が、股間に顔を埋《うず》めようとしているのだ。

童貞であろうが、彼がなにをしようとしているのかくらいわかる。月光は男で、自分も男なのに、こんなことはありえない。

「くっ……あぁぁ――――」

阻止する間もなく灼熱の塊と化している己を咥《くわ》え込まれ、かつて味わったことがない感覚が湧き上がってきた。

しなやかに背を反らした颯壱は、甘くて蕩《とろ》けてしまいそうな快感に飲み込まれていく。

「はっ……んふっ……」

唾液が纏わりついた己をきつく窄めた唇で扱かれ、ひっきりなしに甘ったるい声が零れてくる。

「あ……あぁ、んんっ……くぁ……」

これまでにないほど己が熱く脈打っていた。

気持ちよくてしかたなく、無我夢中で己の股間で揺れ動く銀色の頭を抱え込む。

指先に柔らかな突起が触れた。ふさふさの毛に覆われているそれが、ときおりピクピクと動く。

掌をくすぐられるその感触が心地よく、無意識に撫で回しながら湧き上がってくる快感に腰を揺らした。

射精感は強まっていくいっぽうで、もう一秒たりとも保ちそうにない。

「出……る……もっ……出ちゃ……う」

てを解き放つ。

譫言《うわごと》のようにつぶやきながら、下腹の奥から迫《せ》り上がってくる奔流《ほんりゅう》に身を委ねて、すべ

「うっ……」

極まりの声をもらし、腰を浮かせたまま身を強ばらせ、久しぶりの吐精に酔いしれる。

温かさに包まれたまま解き放つのが、なんとも言えないほど心地いい。この感覚がずっと続けばいいのにと思ってしまう。


「はふっ」

小さく身震いして脱力した颯壱は、甘く痺れている身体を畳に投げ出す。

こんなにも射精が気持ちいいものだとは知らなかった。天にも昇る心地とは、きっとこのことを言うのだろう。

けれど、余韻にはそう長く浸っていられなかった。達して間もない己をきつく吸い上げられ、痛みとも快感ともつかない感覚が股間から駆け抜けていったのだ。


「いっ……」

思わず顔をしかめて目を開けた颯壱は、膝立ちになっている月光を見て息を呑む。

「たっぷりと出たな」

そのひと言を聞いたとたん、血の気が引いていった。

（なんで……）

彼の口で達したばかりか、そのまま精を解き放ったものを飲まれてしまったのだ。無理強いされた怒りを上回る恥ずかしさに、あたふたと身体を起こして己を下着の中に押し込む。

「まだ終わりではないぞ」

濡れた口元を手の甲で無造作に拭った月光の言葉に、全身が凍《い》てつく。

（終わりじゃないって……）

いったい、彼はなにを言ってるのだろうか。もしかして、身体を繋げるつもりでいるのだろうか。にわかに不安を覚えた颯壱は、息を呑んで月光を見つめる。

「今以上の快楽を与えてやるぞ」

銀色の瞳を輝かせながら、月光が袴の紐を解《ほど》き始めた。

逃げるなら今しかない。デニムパンツの前は開いたままだったが、ファスナーを上げる時間すら惜しんで彼の脇をすり抜ける。

「待て」

容易く腕を掴まれ、畳の上に転がされてしまう。

「なぜ、おとなしくできないのだ？」

片手で肩を押さえつけてきた彼が、震えている颯壱の顔を覗き込んできた。

みすみす男に犯されるほど愚かではない。力では敵わないとわかっていても、抵抗するしかないのだ。

「これ以上、好き勝手させるか」

声を荒らげ、果敢にも向かっていく。

肩を押さえつけている手を払いのけ、長い銀の髪を掴んで引っ張り、両の足をジタバタと動かす。

「颯壱、暴れるな」

怒りを露《あら》わにしてきた月光が、もがく颯壱の腰を跨《また》ぎ、頭を挟《はさ》むようにして畳に手をついてきた。

下肢の動きを封じられたうえに、彼の顔が迫ってくる。あまりの恐ろしさから、咄嗟《とっさ》に目の前にある尖った耳に手を伸ばした颯壱は、力任せに握り潰した。

「く……あぁ」

顔をしかめて唇を噛んだ月光が、ふっと脱力して項垂れる。

長い銀の髪が肩からさらりと滑り落ち、彼の顔を隠した。

「はぁ……」

肩で息をついている彼は、今にも頽《くずお》れそうに見える。

(もしかして耳が急所なのか?)

完全に力が抜けてしまっているような月光の胸を、試しに両手で押しやってみた。

反撃してこないだけでなく、彼の身体が傾ぐ。

どうやら、耳が急所のようだ。今なら彼の下から抜け出せる。

そう思った颯壱は、両手を畳についていて、少しずつ腰を跨いでる月光の股下から身体を抜いていった。

完全に身体が抜けたところで立ち上がり、彼から遠く離れてデニムパンツのファスナーを引き上げる。

そうしているあいだも、彼は動かない。耳をきつく掴まれると、そうとうな打撃を受けるのだろう。

「ふうー」

深く息を吐き出した月光が、のろのろと顔を起こしてくる。

「乱暴な真似にもほどがあるぞ」

「うるさい、あんたが悪いんだろ!」

睨《にら》み上げてきた月光に向けて怒鳴り散らし、肩で大きく息をつく。

完全に力が戻っていないのに怒りの声をあげた彼に、腹立ちが頂点に達していた。

「なんでこんなことするんだよ？　僕が喜ぶと思ってやったなら、あんたは大馬鹿だ」

「私が気に入らないのか？」

片膝を立てて座り直した月光を、鼻息も荒く睨《ね》めつける。

「あたりまえだ」

「祠に戻ってもいいのだな？」

「勝手に祠から出てきたくせに、いまさらなに言ってるんだよ！　戻りたいなら戻ればいいだろっ！」

怒りに任せて言い放つと、彼が苦々しい顔で短く息を吐き出した。

「おまえの気持ちはよくわかった」

静かに言った月光の身体がいきなり光に包まれ、颯壱はあまりの眩しさに片手を翳《かざ》して目を細める。数秒後、ふっと光が消えてなくなり、客間に普段の明るさが戻った。

「月光？」

何度か瞬《まばた》きをしてから目を開けてみると、月光の姿が見当たらない。

「月光？」

窓の外にいくら目を向けても、廊下に出て目を凝らしても、彼の姿はどこにも見つけられなかった。

「まったく……」

どうやら、あの光とともに消えてしまったらしい。

淫らな行為に及ぼうとした月光が家からいなくなったとわかり、ようやく胸を撫で下ろした。

「ただのエロ狐じゃないか……発情期かなんかでジッとしていられなくて、祠からのこのこ出てきたたに決まってる」

ファーストキスを奪われ、口で昇り詰めさせられた怒りが治まらない颯壱は、憤懣《ふんまん》やるかたない思いで客間を出て行く。

「だけど…なんか新しいプロットができそう……」

すごく怒っているのに、なぜか新しいストーリーがふと浮かんできた。月光をモデルにした異世界の物語が書けそうな気がする。

もちろん、彼は主人公などではない。妖術を使って悪さをしたあげく、追い詰められて退治される悪役だ。

「プロットを練るのは気分転換になるし、もしかしたら手が付かないでいる原稿も進むかもしれないいな」

新たな物語を考えるのはいつも楽しく、幾つもプロットを書きためている。

実際に使えるかどうかは編集者の判断によるけれど、提案できる物語の数は多いほうがいいに決まっているのだ。

怒りがやる気に取って変わった颯壱は、廊下に置きっぱなしになっているバケツを取り上げると、意気揚々と台所に向かっていた。

第二章

「うーん、なんか違うんだよなぁ……」

座卓の上で広げているノートパソコンと向かい合っている颯壱《そういち》は、納得がいかない声をもらして天井を仰ぎ見る。

月光《げっこう》をモデルにした悪役を登場させ、こてんぱんにされる新しい物語を考え始めたのだが、いっこうに上手くまとまらないでいる。

月光が姿を消してしまってから、半日が過ぎた。彼は気まぐれにまた現れるかと思ったのに、本当に祠に帰ってしまったようだ。

口を開けばいつも命令口調で腹ばかり立つし、いきなり手を出してきたのはとうてい許し難い。

それなのに、月光がいなくなって気分がすっきりしたかといえば、意外にもそうでもなかった。

「はーぁ……」

新たなプロットを進めたいのに、気がつけばぼんやりと月光のことを考えていて、手が止まってしまっている。

どうして、こんなにも彼が気になるのだろうか。仕事に集中したいのに、彼のことが頭から離れない。

横柄な態度に呆れたり、苛立ったりしながらも、珍しい生き物を相手にするのは面白くて、なにより、なんだかんだ言い合える相手がいるのは楽しかった。

「またひとりになっちゃった……」

片手でパソコンを閉じ、畳の上に仰向けに寝転がり、両手を頭の下に入れて枕代わりにした。

祖母がいたころに比べると、この半年は会話が激減している。仕事柄、もともと家に籠もりがちのせいもあるが、誰とも口を利かないときもあった。

たまに訪ねてきてくれる賢太《けんた》と言葉を交わすか、たまに編集者と電話で長々と話をするくらいのものだ。

それを考えると、今日は自分でも驚くほどよく喋《しゃべ》った。とくに、大きな声を出したり、怒鳴り散らしたりしたのは、いつ以来だろうかと思ってしまうくらい、久しぶりのことだった。

月光が姿を見せてくれなかったら、こんなにたくさん話をすることもなかったはずだ。

「きっと怒ってるんだろうな……」

機嫌を損ねて祠に帰ってしまった月光が、二度と姿を見せてくれない気がして、不安にも似た寂しさに襲われる。

もとはといえば、毎日のようにメソメソしている自分を見かね、月光は慰めるために祠から出てきてくれたのだ。

優しさがあるからこそ、そばにいてくれようとした彼を、自ら追い返してしまった。

悪いのは月光だ。唐突に手を出してきた彼が悪い。態度がどれほど横柄であっても、馬鹿な真似さえしてこなければ、彼を追い返すようなことはしなかった。

「でも……発情期と重なっちゃったんだとしたら……」

月光の本性は獣であり、本能のままに生きているから、いったん発情してしまうと抑え込むことは難しいのかもしれない。

彼の口で頂点へと導かれてしまったけれど、間一髪のところで危機は免れたのだ。いつまでも怒っているのは、大人げないようにも思えた。

「どうしたらいいんだろう……」

もう二度と彼に会えないと思うと無性に寂しくて、姿を見せてほしいと思ってしまう。

詫《わ》びて頭を下げたら、もう一度、祠から出てきてくれるだろうか。月光に会いたい。

「行ってみよう」

勢いよく身体を起こした颯壱は、窓の外に目を向けた。

空高く昇っていた太陽が、西の稜線《りょうせん》に姿を隠し始めている。間もなく陽が沈む。夜のお参りの時間だ。

立ち上がって和室を出た颯壱は急いで台所に行き、酒をたっぷりと満たした湯飲み茶碗を手に祠へと向かう。

玄関には黒い革靴が置かれたままだった。月光は姿を消してしまったのに、靴が残っているのが不思議だ。妖術で出したものであっても消えてなくなるわけではなく、形あるものとしてそのまま残るらしい。

細い砂利道を急ぎ足で進み、早くも暗くなり始めている裏山まできた颯壱は、祠の前の石段を片手で払って綺麗にし、持ってきた酒を供える。

「この奥にいるのかな?」

なんとなく気になり、石で造られた格子の向こうに目を凝らす。

祠はたいした奥行きもないというのに、暗闇が無限に広がっているように感じられる。

この小さな祠の中で、月光が暮らしているとは思えない。別の世界に通じる扉のようなものが、どこかにあるような気がした。

「いつも村を守ってくださり、ありがとうございます」

祠を前にしゃがんで手を合わせた颯壱は、感謝の気持ちを言葉にしていく。

「今日も一日、なにごともなく健やかに過ごすことができました。どうか、これからも村をお守りください」

いつものように真摯《しんし》な気持ちで祈りを捧《ささ》げ、静かに両手を下ろして立ち上がる。

目の前の祠はなにも変わっていない。鬱蒼とした木々の葉が、風に吹かれて音を立てているだけで、他にはなにも聞こえてこなかった。

「月光……僕の声は聞こえているのか？」

石の格子越しに、真っ暗な祠の中を見つめる。

「月光、ごめん……僕のためにせっかく姿を見せてくれたのに、ひどい言い方をしちゃった……急にあんなことされたから……でも発情期だったんだろう？　しかたなかったんだよね？」

言葉を切って耳を澄ませてみても、聞こえてくるのは木々のざわめきだけだ。

「会いたいよ……月光……ねえ、姿を見せてよ……」

素直な思いを口にしたとたん強い風が吹き抜け、木々が大きな音を立てて揺らいだ。

「月光？」

まさかと思ってあたりを見回したけれど、彼の姿はどこにもない。

「ダメか……」

諦めようかと思ったところで何者かに腕を掴まれ、力任せに引っ張られる。

「なっ……」

足が地面から離れ、身体が仰向けの状態で完全に宙に浮いてしまう。

なにが起きたのかさっぱりわからない。見えているのは夜のとばりが降りようとしている暗い空だけだ。

手を振り解こうとしたけれど、意思とは裏腹に身体は言うことを聞いてくれない。そればかりか、宙に浮いている身体が動き出す。

どこかに引きずり込まれようとしている。それだけは、なんとなくわかった。

次の瞬間、目の前が真っ暗になり、ただならない恐怖を覚える。

「うわぁ――――っ」

咄嗟にあげた叫び声が、どこかに吸い込まれるように消えていった。

強い力で、どんどん身体が引っ張られていく。それは、まるで奈落の底に落ちていくような感覚で、激しい目眩《めまい》に襲われ始めた颯壱は、いつしか気を失っていた。

＊＊＊＊＊

「颯壱、颯壱……」

静かな呼び声に意識が舞い戻り、ゆっくりと目を開ける。

「大丈夫か？」

瞳が捕らえたのは、輝く銀色の髪と尖ったふさふさの耳、そして、穏やかに見つめてくる銀色の瞳だ。

「月光？」

瞬きをしながら、のそのそと身体を起こす。

家を出たときのままの姿で、布団に寝かされていたらしい。布団は艶やかな朱色で、金糸で縁取られていて、四隅に金色の房が施されていた。

「なかなか目を覚まさないから心配したぞ」

そう言った月光が、にこやかに見返してくる。

煌びやかな衣裳を纏っている彼は、板張りの床に膝を立てて座っていた。

周りの空気が、どこかひんやりと感じられる。裏山にある祠を包み込んでいる空気によく似た感じだ。

月光の後方に祭壇のようなものが見えるが、他に家具や装飾品のたぐいがなにもない。

祭壇とおぼしき場所には、紫色の布に覆われた壇があり、四方に朱に塗られた太い丸柱が立っている。

壇上には、白木で造られた大きな神棚が置かれていた。それを神棚と言ってしまっていいのかわからなかったけれど、形態はほぼ同じだ。

両脇には平らな盃《さかずき》にも似た台座つきの器があり、双方で赤い炎が揺らめいている。そして、神棚の中には周りに透かし紋様が施された丸いなにかが飾られていた。

表面は鈍く輝いていて、厚みもさほど感じられない。古くから神社に祀られている銅鏡と呼ばれるものと類似していた。

「ここ、どこ？」

「私が住む世界だ」

目を丸くしていた颯壱は、月光の答えを聞いてあたりを見回し始める。

とても広い空間だ。天井も驚くほど高い。祭壇の柱に沿って視線を上げていくと、あごが反り返りすぎて後ろに倒れてしまいそうだった。

ふと自分の後ろに目を向けてみると、小柄な女性が何人もいて、みな裾の長い華やかな和服を着ている。十二単《じゅうにひとえ》ほど仰々しくはなかったけれど、色の異なる襟が何枚も重ねられていた。

頭には尖った耳があり、長い尻尾も見える。どうやら、月光と同じく人に化けることができる獣のようだ。

「ここって、祠の中?」

興味を募らせて訊いた颯壱に、月光が笑いながら首を横に振ってきた。

「あのように狭いところで暮らせるわけがないだろう? 祠はこちらの世界と、おまえたちが暮らす世界を繋ぐ扉のようなものだ」

「そっか……」

自分の考えが正しかったのだとわかり、いったんはうなずいたものの、すぐに素朴な疑問を投げかける。

「人間がこっちに来ても大丈夫なの?」

「まあ、少しくらいなら大丈夫だ」

「ほんと？　じゃあ、しばらくこっちで暮らしてみたいな」

存在しないと思っていた異世界にやってきたから、颯壱は興味津々だ。ファンタジー小説家としての血が騒ぐ。

あれこれ想像してきた世界を、この目で見ているのだ。元の世界には、しばらく帰りたくない。くまなく異世界を見ておきたかった。

「それは、無理だ」

「えっ？　無理なの？　どうして？」

滅多にない機会を逃したくない思いから、布団の上で月光に躙り寄る。

「おまえは生身の人間だからだ」

「だって、少しくらいなら大丈夫って……」

「おまえのような人間は、瞬く間に衰えてしまう。いっときならばかまわないが、こちらに長くいようとするなら、私の精気が必要となる」

「精気？　それってどうしたらもらえるの？」

深く考えずに訊ねると、彼が苦々しく笑った。

「その身体で私の精を受け止めればいい」

「僕の身体？」

「私と身体を繋げ合うということだ。そうすればおまえは不死身となり、いくらでもここにいることができる」

「セ……セックスするの？」

声を上擦らせた颯壱は、月光からうなずき返されて黙り込む。

異世界や不死の身体には興味がある。とはいえ、それは小説を書く者としての興味であり、月光と身体を繋げてまで、こちらの世界を体験したいとは思わない。

なにより、不死身になることに恐怖を覚えた。死なない身体を手に入れることを願う人間もいるだろうが、自分が永遠に生きていくことを考えると怖いのだ。

「や……やっぱり戻る……元の世界に返して」

「こちらで暮らしてみたいのではないのか？」

月光はどちらでもかまわないと言いたげな顔でこちらを見ているが、颯壱は大きく首を左右に振って否定した。

「わかった」

スッとその場に立ち上がった月光が、片手を差し伸べてくる。

早く元の世界に戻りたい一心から、躊躇《ためら》うことなくその手を取った。

「目を閉じていろ」

言われるまま硬く目を瞑《つむ》ったとたん彼に抱き込まれ、鼓動が大きく跳ね上がる。と同時に、彼がなにかをつぶやき始めた。まるで聞き取ることができない。呪文を唱えているのだろう。

途中で手を離したら、どうなるかわからない。異空間に取り残されたりしたら最悪だ。元の世界に戻してくれるのは、彼しかいない。両手でしっかりとしがみつき、すべてを月光に委ねた。

「ハ――ッ」

彼が気合いを入れるとともに、ふっと身体が軽くなる。

思わず開けた目の前は真っ暗で、なにも見えない。どこにいるのかわからない恐怖に大きな声をあげそうになったが、月光と抱き合っていることに気づいて安堵し、颯壱は再び硬く目を閉じていた。

第三章

月光《げっこう》との二人暮らしを始めて、かれこれ一週間になる。

こちらの世界に戻ってきてからも、颯壱《そういち》の身体は変調を来すことなく、これまでどおり元気に過ごしていた。

月光はといえば、まるで自宅で暮らしているかのようにくつろいでいる。畑の手入れには欠かさずついてくるし、食事のときには向かい側の席で酒を飲んでいた。

外に出るときは、耳と尻尾を隠した完璧な人間の姿になるが、家に戻るとすぐ元の姿に戻ってしまう。やはり、耳と尻尾を隠しておくのはかなり大変らしい。

村の守り神である月光は、常に村を注視しているのかと思っていたが、あまりに気にしている様子がない。

それが気になって訊ねてみたところ、千里眼を持っているから村の様子など丸わかりなのだと教えられた。

祠の主である月光が家にいるため、朝晩のお参りが必要なくなった颯壱は、畑の手入れをしたり、進まない原稿と向かい合ったりする毎日だ。

「そこは間引いてやったらどうだ？　窮屈そうだぞ」

少し離れたところから、月光が茄子を指さしてきた。

銀の髪を後ろでひとつに束ね、白いシャツと黒いスラックスを身につけ、黒い革靴を履いている。最初に人間に変身したときとまるで同じ姿だ。

異なる姿に化けるのが大変なのか、無頓着なのかわからなかったけれど、彼は一度として服装を変えたことがなかった。

「はい、はい」

「返事は一度にしろ」

「はい……」

月光から注意された颯壱は、苦虫を噛み潰したような顔でしゃがみ込み、成長の悪い茄子の実をハサミで切り取っていく。

畑の手入れにくっついてくるのはかまわないのだが、最近の月光はただ眺めているだけでなく、あれこれ口を出してくるのだ。

祖母の畑仕事を手伝っていたときも、似たような指示を出されたけれど、腹立ちなど覚えたことがなかった。

けれど、月光は手伝うわけでもないのに、うるさく口を出してくるから、なにか言われるたびに癪《しゃく》に障った。

それでも、彼の指摘は常に的確で、言い返すことができない。それがまた悔しくて、歯噛みばかりしているのだ。

「それも取ったほうがいいのではないか?」

すぐ脇に立ってきた彼が、大きな葉に隠れている傷んだ茶色の実を、まるで指導者かなにかのように、偉そうな態度で指さしてくる。

「ほんとだ、気がつかなかった……」

奥に手を差し入れ、小さくて硬い茄子の実を切り取り、バケツに放り込む。

「いいだろう、これで残った実も大きく育つ」

満足そうに言った月光が、颯壱の頭を撫でてくる。

彼はいつもこうだ。言われたとおりにすると、まるで子供を褒めるかのように頭を撫で回してくる。

最初はあまりにも馴《な》れ馴《な》れしく触ってくる彼に戸惑ったけれど、頭を撫でてくる手がやけに優しく感じられ、いつしか守られているような安堵感を覚えるようになっていた。

それでも嬉しそうな顔をするのが悔しいのと、頭を撫でられるのが少し恥ずかしい気がして、月光の手を軽く払いのける。

「気安く触るなよ」

「なぜだ？　嬉しくないのか？」

懲《こ》りずに手を伸ばしてきた彼が、再び頭を撫で回してきた。

「もう……」

唇を尖らせながらも、彼の好きにさせる。

言動が癇に障ったりすることもあるけれど、そばにいると安心していられるし、なにより一緒にいるのが楽しいのだ。

「そろそろ家に戻って一杯やるかな」

最後にポンと頭に手を置いてきた月光が、先に畑を出て行く。残された颯壱は彼の後ろ姿を見つめながら、ふと頬を緩める。

自分ひとりで酒を飲むようにはなったが、偉そうな態度も、身勝手なところも、最初と変わっていない。

とはいえ、守り神として崇められてきた月光は気位の高い存在なのだと思えば、べつに腹も立たなかった。

「つい忘れそうになるけど、月光さまなんだもんな」

小さく笑って肩をすくめた颯壱は、まだ手入れが終わっていない春菊が育つ一画へとバケツを手に足を向けていた。

＊＊＊＊＊

夕食の片づけをすませ、風呂に入ってさっぱりした颯壱は、いつものようにひとり和室で仕事をしていた。

晩酌と称して湯飲み茶碗に満たした酒を何杯も呷った月光は、風呂にも入らず客間でひとり過ごしている。

当初は風呂に入ったらどうかと勧めたのだが、彼から必要ないと言われてしまい、それからは口にしていない。

人の姿をしているだけであって、自分と同じ人間ではないのだから、生活習慣も違うだろうと思ったのだ。

いつもそばをくっついて離れない彼も、颯壱が仕事をする和室には足を踏み入れてこなかった。邪魔をしてはいけないと、彼なりに気遣ってくれているらしい。

近くにいたら、きっと気が散ってしまうだろう。だから、原稿を書いているときに席を外してくれるのはありがたかった。

以前は静かな和室にひとりパソコンに向かっていると、寂しくてしかたなかったというのに、どこかに月光がいるとわかっているから安心していられる。

「はぁ……ようやく五十ページかぁ……」

ひと息ついた颯壱はひとしきり画面を眺め、両手を後ろについて思いきり背を反らす。

夢中になってキーボードを叩いていたから、身体が凝り固まっている。けれど、原稿が進むようになってきたから、まったく辛くない。

数日前から、書きたい気持ちが湧き上がってきていた。少しずつではあるけれど、スランプから抜け出しつつあるようだ。

漠然とながらも、月光が一緒にいてくれるからだろうと思っている。この広い家に自分ひとりではなくなったことが、いい方向に作用しているようだった。

「あとどれくらいで書き上がるかな……」

組んだ両手を座卓に乗せ、パソコンの画面を見つめる。

早く書き上げたい思いはあるけれど、以前ほどのペースは取り戻せていない。

けれど、原稿がまったく手つかずだったことを考えたら、これでも上出来のような気がしている。

書き進めていくうちに、いずれこれまでの速さに戻ってくるはずだ。そうすれば、近いうちに完成させることができる。

「あっ……」

再びキーボードを叩《たた》き始めたとたん、不安が脳裏を過《よぎ》って手が止まった。

「いつまで一緒にいてくれるんだろう……」

本来は向こうの世界で暮らしているはずの月光が、この先もずっとそばにいてくれるはずがない。彼もいつかは戻って行ってしまうのだ。

「しばらくって言ったけど……」

いきなり姿を現した月光が口にした言葉をふと思い出し、颯壱は手を止めたまま遠くを見つめる。

「このまま一緒に暮らせないのかな……」

またひとりぼっちになってしまうのがひどく怖い。

これといった名所もない村は観光客が訪れてくることもなく、本当に長閑で住み心地がいい。

山と畑に囲まれた小さな村で、月光と二人でひっそりと暮らしていけたらどんなにいいだろうか。

横柄で身勝手で、そして、優しさを秘めている彼は、すでに好ましい存在になっているばかりか、そばにいるのがあたりまえに感じるようになっている。

「はーぁ……」

いつかは月光も戻って行ってしまうのかと思うだけで、颯壱はどんどん気持ちが沈んでいく。一度は向こうの世界に追い返してしまったのが信じられないくらい、いまは月光を必要としていた。

ここで一緒に暮らす時間が長くなればなるほど、彼との別れが辛くなってしまうことだろう。彼がいなくなってしまったら、ひとりで暮らしていける自信がない。寂しさに負けてしまいそうだ。

「無理は言えないし、どうしよう……」

村の守り神である月光を、引き留めてはいけないという思いがある颯壱は、見るともなく前を見つめたまま悶々《もんもん》としていた。

第四章

「絶対にばれないようにしてよ、頼んだからね」

完璧な人の姿で酒を飲んでいる月光《げっこう》に念を押した颯壱《そういち》は急いで台所を出ると、そのまま玄関に向かって走って行く。

「やあ、久しぶり」

自ら引き戸を開けて玄関に入ってきた伊達良介《だてりょうすけ》が、陽気な顔で声をかけてきたかと思うと廊下に上がってきた。

「早かったですね」

満面の笑みで声をかけ、伊達を出迎える。

彼は颯壱が世話になっているライトノベル・レーベルの編集者で、賞を取った作品の出版が決まったときから担当してくれていた。

二十八歳になる彼は、入社時からライトノベルの編集に携わっていて、今年で七年目になる中堅の編集者だ。

スーツ姿がいつもどこかだらしなく、冴《さ》えない風貌をしているから、見た目を気にしないデスクワーク一筋の男に見える。

けれど、思いのほかフットワークが軽く、東京から遠く離れた田舎で暮らしている颯壱のもとに、原稿の催促と称してふらりとやってくるのだった。

「レンタカーは、いつものところに停めてあるから」

並んで廊下を歩き出した伊達が、軽く玄関を振り返る。

最寄りの駅から村まではかなりの距離があり、彼はいつも駅前でレンタカーを借りてここまでやって来た。

駅と村を結ぶバスは午前と午後に一本ずつ走っているだけで、タクシーも呼ばなければならないから、颯太としては軽自動車で駅まで迎えに行きたい。

それなのに、いつも伊達に拒まれてしまう。理由は、大事な作家にそんなことはさせられないかららしい。ただ、どうやらそれは口実でしかなく、彼は自分で車を運転したいだけのようだった。

「泊まっていきますよね？」

「そのつもりなんだ、いつも悪いね」

廊下を歩きつつ声をかけた颯壱に、彼が悪びれたふうもなく片手に提げている分厚い革の鞄《かばん》を見せてきた。中には着替えや洗面道具が入っている。

訪ねてくる前日に、訪問する旨を記したメールを寄こし、準備万端でやってきては一泊して東京へと戻って行くのが、伊達の場合はもう恒例になっていた。

颯壱にとっては、生まれて初めて接した出版社の編集者であり、右も左もわからない作家未満の自分をデビューまで導いてくれた恩人でもある。

初対面のときこそ緊張したけれど、気さくで堅苦しいことが大嫌いな彼とはすぐに打ち解け、泣き言が口にできるまでになっていた。

「そうそう、東京名物〈バナナ饅《まん》〉、忘れずに買ってきたよ」

「ありがとうございます」

「ほんとは、東京駅で気がついて慌てて買ったんだけどね」

大好物の土産があると知って喜んでいた颯壱は、言わなくていいことを口にしてしまう伊達を笑いながら見返す。

「こんにちは」

いきなり台所から月光が姿を現し、いつ伊達に紹介しようかと頭を痛めていた颯壱は息を呑んで足を止める。

「あれっ、お客さんだったの？」

「違うんです、あの……田舎の宿泊体験で先週からウチに泊まっていて……」

伊達に訝しげな顔をされ、颯壱がしどろもどろになっているところに、スタスタと月光が歩み寄ってきた。

「はじめまして、こちらにお世話になっている月光です」

愛想よく自己紹介をしてきた月光を、傍から見ても不躾に感じられるほどマジマジと伊達が眺める。

「東京の人？　格好いいねぇ、モデルさんかと思ったよ」

どうやら伊達は、月光の外見に見惚《みと》れていたようだ。

「月光さん、僕の担当をしてくれている伊達さんです。泊まっていくことになったので、よろしくお願いします」

他人行儀な言い方になってしまったが、あきらかに歳上の月光に対して普段と同じ口調よりは、伊達にも自然に聞こえたはずだ。

「どうぞ」

客間の襖を開けて促すと、伊達が遠慮なく足を踏み入れる。

彼がいつも泊まっていく部屋でもあり、その広さに驚くでもなく鞄を下ろして座布団に胡座をかいた。

「打ち合わせがあるので、しばらく二人だけにしてください」

廊下に立っている月光に声をかけた颯壱は、答えを待つことなく客間に入って静かに襖を閉める。

仲間はずれにしたようで感じが悪かっただろうかと不安が過ったけれど、仕事相手と話をするのだから月光も理解を示してくれるはずだ。

それに、神通力を持つ彼は、どこにいてもこちらの様子を知ることができるのだから、ことさら気にする必要もないだろう。

「どう?　原稿は進んでる?」

向かい側に座るなり、スーツの上着を脱いでいる伊達から訊ねられ、颯壱は苦笑いを浮かべる。

「少しずつですけど……」

「ほんと?　よかったじゃない。一行も進まないってずっと言ってたから、心配してたんだよ」

「すみません、ご心配ばかりかけて……」

頭を下げた颯壱は、前もって用意していた茶器を載せた盆とポットを引き寄せ、急須に湯を注いでいく。

「発行日の調整ならいくらでもするから、よけいなことは気にしないで面白い作品を書いてよ」

「はい……」

神妙な面持ちで返事をしつつ、滅多に使うことがない客用の茶碗に茶を満たし、茶托《ちゃたく》に載せて伊達の前に置いた。

「今日はさ、別件で原稿を頼もうと思ってきたんだけど、今やってるのが進み始めたならやめたほうがいいかな……」

迷い顔で茶を啜《すす》る彼を、小首を傾げて見返す。

「ほら、ウチで出してる月間の小冊子があるでしょ、あれに短編を書いてもらうのはどうかって話が編集部で出たんだよ」

「小冊子って書店で配布している文庫版のですよね？」

「そうそう、無料配布だから原稿料もたいして出せないんだけど、手が止まっちゃってるなら気分転換になるかもしれないね、ってことで」

説明してくれた伊達は、相変わらず迷ったような顔をしている。

スランプに陥った作家に、どうにか文章を書かせてみようという、編集部の気遣いなのだろうか。無理に勧めてくるつもりではない感じだ。

ようやく進み始めた原稿は、今なら書ききれる気がしている。けれど、短編を書いたことがないから、気持ちが揺れ動く。

「どっちでもいいよ？　短編の仕事が入ったことで今の原稿がストップしたら、本末転倒だからさ」

「締め切りとかって、いつくらいなんですか？」

「やってみたい？」

颯壱が興味を示すと、伊達は脇に置いてある鞄を引き寄せ、中からクリアファイルを取り出した。

「詳細はこれ、返事は来週でかまわないよ」

座卓に置いたファイルを、片手でツイッとこちらに滑らせてくる。

「ありがとうございます」

「あまり余裕のある仕事じゃないから、無理だったら遠慮なくそう言って」

「はい……」

ファイルに挟まれているコピー用紙を取り出し、目を通していく。

書きたい気持ちはある。それでも、これまで一度も短い話を書いたことがないから、少し不安もあった。

「そういえば、月光さんって銀髪のロン毛にスタイル抜群で、僕なんかよりよほど田舎暮らしが似合わない感じだよね？」

月光に関心を示したらしい伊達が、興味津々の顔で座卓に身を乗り出してくる。

「なんか、田舎で店をやりたいとかなんとか……ほら、古民家を改装してレストランとかやるのが流行《はや》ってるじゃないですか？　そういうのを考えているんだと思いますよ」

咄嗟に口から出任せを並べ立てると、伊達は納得したようなしていないような、どちらともつかない顔つきで身体を引いてしまった。

「それにしては、ここは田舎すぎない？」

「ここで店を開くってことじゃなくて、とりあえずどこかで田舎暮らしを体験しようってことじゃないかと」

体験宿泊者を受け入れている側が、こんな曖昧な答えを返すのはおかしい気がしたけれど、とにかく伊達に納得してもらわなければと、颯壱は必死になっていた。

「なるほどね、ところで、書き始めた原稿って読めるかな？」

「えっ？　まだ五十ページしか進んでないんですけど……」

颯壱がつい渋ってしまったのは、まだほんの序章といったところで、登場人物も出揃《でそろ》っていないからだ。

二人で考えて作った話だから、伊達は物語の流れを把握している。それでも、せめて百ページくらいあればと思ってしまうのだ。

「かまわないよ、久しぶりに君が書いた文章を読みたくなっただけだから」

そう言われてしまうと拒みづらく、颯壱は諦めて腰を上げる。

「僕のノートで読むから、これにデータ落としてくれる？」

「はい」

差し出されたＵＳＢメモリを受け取り、伊達を残して客間を出て行く。

仕事部屋にしている和室に向かって廊下を歩き出すと、台所から月光がふらりと姿を現した。

「終わったのか？」

「もう少しかかりそう」

「そうか」

月光は文句を言ってくるでもなく、すぐに引っ込んでしまったが、伊達に嘘《うそ》をついたことを思い出した颯壱は、和室の前を通り越して台所に入っていく。

「あのさ、月光は田舎で店をやりたがってて、それで体験宿泊してることにしちゃったたから」

「私が店を？」

「なんか伊達さんが疑ってるみたいだったから、適当に話をでっちあげちゃったんだ、ごめん……」

申し訳ない思いから肩をすくめると、月光がしかたなさそうに笑った。

「私はどんな店を開こうとしているんだ？」

「レストランとかカフェとかでいいと思う……」

颯壱は曖昧《あいまい》に笑ってみせる。

「わかった、とにかくおまえに話を合わせよう」

「ありがとう」

胸を撫で下ろして台所を出た颯壱は、預かってきたＵＳＢメモリを握り締めて和室に向かう。

伊達は気になったことを確かめずにいられない性格をしているから、少しでもおかしなことがあれば食い下がられてしまうだろう。

嘘の話に月光をつきあわせるのは心苦しいけれど、伊達がいるあいだは我慢してもらうしかない。

「今日の月光は物わかりがよくて助かった……」

編集者との関係が悪くならないようにと、彼なりに気遣ってくれているのだろう。月光にはいいところもあるのだ。

これで明日まで安心していられる気がした颯壱は、和室に入ってパソコンを開けると、さっそく原稿のデータをＵＳＢメモリに移す準備を始めていた。

＊＊＊＊＊

「それにしても、いい男だよねぇ？　これほどの美男子には、東京でもまずお目にかからないよ」

月光を交えて客間で酒を飲み始めた伊達は、いつになく上機嫌だ。

もともと彼は酒が好きなのだが、颯壱があまり飲めないこともあり、訪ねてきてもあまり相手をしてやれなかったからかもしれない。

「君みたいな人は東京の一等地で店をやるべきだよ、なんで田舎で店をやりたがるのか理解できないなぁ……」

酒を満たしたコップを口に運んだ伊達が、大きくあごを反らして飲んでいく。

彼はいつも小さなウイスキーのボトルを持参してくるのだが、それを早々と空にしてしまい、月光と一緒に日本酒を飲み始めていた。

「田舎でのんびり店をやるのもいいじゃないですか」

もっともらしい顔をして言ってのけた月光が、普段から使っている湯飲み茶碗に満たした酒を飲む。

並んで座っている颯壱は気が気でなかったけれど、いつものように片膝を立てて座布団に座っている月光は、急場しのぎで作り上げた人物像をそれらしく演じていた。

「あれ？　稼ぎたいわけじゃないの？　もしかして、資産家の息子さんとか？」

伊達がコップを手にしたまま、探るような視線を月光に向ける。

一緒に飲み始めてからの伊達は、月光の話題に終始していた。垢抜《あかぬ》けた風貌の月光が田舎で店を開くことに、どうしても納得がいかないらしい。

いつも以上に酒を飲んでいることもあり、初対面の月光を相手に遠慮がなくなっているのが、颯壱はなにより気がかりだった。

「そういうわけじゃないですけど、田舎ならさほど金もかからないでしょう？」

「ふーん、なんか暢気《のんき》だねぇ」

月光は上手くかわしたように見えたが、伊達が納得したかどうか怪しい。

このまま二人に会話を続けさせたくない。早く別の話題を振ったほうがよさそうだと思い、颯壱は唐突なのを承知で二人に割って入った。

「伊達さん、なにかおつまみ持ってきましょうか？　冷やしたトマトとか、キュウリも美味しいですよ。あっ、それとも卵かけご飯にします？」

座卓に両手をついて尻を浮かせたが、すぐさま伊達に片手で制されてしまう。

「ここにあるので充分だよ。月光さん、あんまり食べないから、残っちゃいそうだし」

「そうですか？」

そう言われてしまえば無理強いもできず、颯壱はしかたなく座布団に座り直した。

晩酌のために、茄子の煮浸し、カボチャの煮付け、鶏肉の照り焼き、だし巻き卵を用意した。

祖母が体調を崩してから、必要に迫られて覚えた料理であり、上手いとは言い難いし、レパートリーも少ないが、伊達は毎回、喜んで食べてくれる。

ただ、今夜は三人での晩酌になったこともあり、多めに料理を作ってしまったから、どれもまだ皿に半分ほど残っていた。

「でも、卵かけご飯は最後に出してね～」

「食べたくなったら言ってくださいね」

「了解～」

陽気な声をあげた伊達が、座卓の上に置いている一升瓶を取り上げ、自らのコップに酒を満たしていく。

最初は颯壱も気を配って酌をしていたのだが、いつの間にか彼らは手酌で飲み始め、そのままになっている。

颯壱がそばにいるときは自分で酒を注いだことなど皆無の月光さえ、今夜は手酌で飲んでいた。

「月光さん、食べないで酒ばっかり飲んでると胃をやられるよ？」

伊達は心配しているようなことを言いながらも、さあ飲めとばかりに一升瓶をドンと月光の前に置く。

「夕飯を食べたばかりなので、もう充分なんですよ」

笑顔で答えて一升瓶を掴んだ月光が、茶碗に新たな酒を満たして一気に呷る。

彼は日頃、酒だけで過ごしているけれど、それだけで事足りているからであって、咀嚼《そしゃく》という行為も普通にできるし、胃の中に食べ物が入っても大丈夫らしい。

そう聞かされたから、颯壱は三人分の食事を用意し、みんなで夕食をすませていた。だから、晩酌の際にも三人分のつまみを用意したのに、月光はいっさい料理に手を伸ばしていない。酒があるのに、料理などいらないといったところなのだろう。

「まっ、胃が空っぽってわけでもないから大丈夫か」

そう言ってグラスの酒を呷った伊達が、難儀そうに立ち上がる。

酔いが回ってきているのか足元も怪しく、軽くよろめいた。

「伊達さん、大丈夫ですか？」

「大丈夫、大丈夫、ちょっと失礼するよ」

心配になって見上げた颯壱にひらひらと片手を振って見せた伊達が、ふらふらした足取りで客間を出て行った。

襖が開け放しで、廊下を歩く伊達の足音が遠ざかっていく。足取りがおぼつかないせいなのか、廊下が軋《きし》む音がやけに大きい。

トイレは廊下の突き当たりにあり、客間からそこそこの距離がある。伊達が席を外しているうちに、もう一度、念を押しておくべきだろうと考え、そそくさと月光に向き直る。

「なんか伊達さん、月光のこと疑ってるみたいなんだけど大丈夫かな？」

片手を畳について身を乗り出した颯壱が声を潜めて訊ねると、眉根を寄せた月光が訝しげに見返してきた。

「なにを疑うことがあるんだ?」

「だから、なにか別の目的でここに泊まってるんじゃないかとかさ、そんなこと考えてるような気がするんだよなぁ……」

「別の目的? たとえば?」

颯壱に合わせて声を小さくしてくれているけれど、問い返してきた月光は相変わらず解せない顔をしていた。

「僕にもわからないよ」

漠然とした思いでしかないから、颯壱は他に答えようもない。

ただ、伊達があれこれ月光に訊ねるのは、ただの興味本位からではないような気がしてならないのだ。

「でも、月光のことを疑っているみたいだから、気をつけてよ」

真っ直ぐに顔を見つめて釘を刺すと、月光が小さく笑った。

「わかったよ、おまえがそこまで言うなら、そうしよう」

月光が理解を示してくれたことに安堵したのもつかの間、背中に視線を感じた颯壱は驚きの顔で振り返る。

「なるほどねぇ……」

「伊達さん、いつからそこに？」

　にやにやしている伊達を、困惑も露わに見上げた。

　あの妙な顔つきは、月光との会話を聞いていたからに違いない。

　それほど夢中になって月光と話をしていたつもりはなかったけれど、伊達が戻ってきたことにまったく気づかなかった。

　どのあたりから聞かれていたのかわからない。とにかく、どうにか言いくるめなければと、颯壱は頭をフル回転させて考える。

「べつに僕はさぁ、偏見なんて持ってないんだからさぁ……」

　わけのわからないことを言いながら、ふらつく足取りで客間に入ってきた伊達が、座布団にどっかりと腰を下ろす。

「そういうことは先に言ってくれたらよかったんだよ」

「えっ？」

　相変わらず理解し難い伊達の言葉に眉根を寄せ、ちらりと月光を見やる。

　彼も颯壱と同じ思いなのか、わからないと言いたげに軽く肩をすくめた。

　解せないまま視線を前に戻した颯壱を、伊達が前のめりになって見てくる。

「守山《もりやま》君さあ、月光さんとデキてるんでしょ」

「え⁉　ち……違いますよ、勘違いしないでください」

確信に満ちた言い方をされておおいに慌てた颯壱は即座に言い返したが、にやついている伊達は耳を貸してくれない。

「隠したい気持ちはわかるよ、田舎だしさぁ、すぐに広まっちゃうもんね？　でも、僕にまで隠さなくてもさぁ」

「そうじゃないんですってば」

「まあ、まあ」

大きな声で言い放ったのに、相変わらず顔をにやけさせている伊達に、いまさら隠すなと言いたげに宥《なだ》められてしまう。

どうしたら、そんな勘違いができるのだろうか。自分と月光が恋人同士だと思った伊達の神経を疑ってしまう。

「月光さん、守山君と暮らすために、こっちで店を出すことにしたんでしょう？　離ればなれは辛いもんねぇ」

月光へと視線を移した伊達が、ひとり納得したようにうなずきながら、コップの酒を飲んでいく。

月光は彼を見ながら茶碗を傾けている。すぐに否定しない月光に、颯壱は苛立ちが募っていく。

「伊達さんは勘が鋭いんですね」

自分たちの関係を認めるような発言をした月光を、ギョッとした顔で見返す。

「なっ……月光、なに言って……」

「やっぱり、そうか。守山君も早く認めて楽になったほうがいいよ」

あたふたしている颯壱に、伊達がさも楽しげに笑いながら諭してくる。

認めるもなにも、月光は恋人などではない。

勝手な思い込みをした伊達も、それに乗っかってしまった月光も、いったいなにを考えてるのかさっぱりわからなかった。

「伊達さんならきっと秘密を守ってくれる、大丈夫だ」

「月光……」

馴れ馴れしく肩を抱き寄せてきた月光を、颯壱は呆れ、怒り、困惑が入り交じった顔で見返す。

「もちろん、誰にも言ったりしないよ、僕は口が堅い男だからね」

「よかったな、これで苦しい言い訳をしないですむ」

にんまりしている伊達と顔を見合わせて笑った月光が、唖然としている颯壱の肩をポンポンと叩いてきた。

月光は勘違いされたままでもかまわないようだが、颯壱はこれからも編集者と作家のつきあいがあるから困ってしまう。

口外しないでいてくれるにしても、電話で話をするたびに、顔を合わせるたびに、伊達は自分と月光との関係について触れてきそうで頭が痛い。

「もう……」

月光が認めてしまった以上、自分がいくら否定したところで、伊達が聞き入れてくれるわけがない。

勝手なことをした月光に文句を言いたいけれど、そんなことをしたら伊達は恋人同士の内輪揉《も》めと思うに決まっている。

そのことで、からかわれたのではたまらない。文句を言うのは伊達が寝てからにするしかなさそうだ。

（なに考えてるんだよ……）

平然と酒を飲んでいる月光を睨みつけるが、視線すら合わせてこないから苛立ちがよけいに募る。

「で、どこで出会ったの？　守山君は大学出てからずっとこっちで暮らしているから、大学生のときかな？」

「まあ、そんなところですね」

「どっちから声をかけたの？　月光さんから？　守山君って男の僕が見ても可愛《かわい》いって思うくらいだから、そっち系の人はそそられるんじゃないの？」

「そのへんはご想像にお任せしますよ」

会話に加わるのも馬鹿らしく思えてそっぽを向いていた颯壱も、曖昧に言葉を濁した月光に驚いて思わず声をあげた。

「そんな言い方したら、伊達さんが勘違いするだろ！　変な言い方をするなよ」

「なるほど、やっぱり月光さんから口説いたんだ」

こんなにも楽しそうな伊達は見たことがない。

恋人同士だという前提の会話をしているのだから、自分が口を挟むのは美味しい餌《えさ》を与えるようなものなのだ。

これまで以上に酒が進んでいる伊達を目にして、遅ればせながらも気づき、もう二度と口出ししないと心に誓う。

「颯壱、酒を持ってきてくれ」

月光が空っぽの一升瓶を、ドンと脇に置いてくる。

「はい、はい」

渋い顔で返事をして一升瓶を掴み、腰を上げて客間を出て行く。

あの様子では、二人で夜通し飲んでいそうだ。酒はいつもまとめて頼んでいるから、そう簡単になくなることはない。

「勝手に飲ませておけばいいか」

月光たちの相手をするのが、なんだかひどく面倒になってきた。

一升瓶を二、三本、彼らに与え、自分はさっさと寝てしまおう。

泊まり慣れている伊達は、勝手に押し入れから出した布団を敷いて寝てくれる。

客間は広いから、座卓を脇に避《よ》ける必要もない。後片付けは明日の朝にすればいいだけのことだ。

「こんなときばっかり愛想よくして……」

楽しげな月光の顔が脳裏を過る。

「あんなふうに笑えるんだ」

自分にはあんな明るい笑顔を見せたことがないのにと、少し腹立ちを覚えた。

「お酒につきあえたら、少しは違うのかな……」

いつも月光がひとり黙々と酒を飲んでいるのは、酒をあまり飲まない自分が相手をしているからなのだろうかと、そんなことをふと考える。

「爺ちゃんは酒飲みだったから、頑張ればもう少し飲めるようになるかも？」

月光が伊達を相手に楽しそうに酒を飲んでいるのが、なんだか悔しくなってきた。

原稿を書いているとき以外は一緒にいるのだから、もっと楽しく過ごしたい。

自分と二人だけのときに、楽しそうに笑う月光を見てみたい。

「颯壱、酒はまだか？」

客間から月光の大きな声が聞こえてきた。

「ちょっと待って」

「急いでくれ」

「はーい」

月光が横柄な言い方をするのはいつものことだが、きっと伊達は恋人同士らしいやり取りだと思っていることだろう。

「本当に恋人同士に見えるのかな……」

ただ一緒にいるだけなのに、傍からそう見えてしまうのが不思議でならない。

「どうしてだろう……月光が恋人だなんて……」

考えたこともなかっただけに、なんだか可笑《おか》しくなってくる。

月光は村の守り神で、自分は彼を祀っている祠の守り役でしかない。

月光にとって祠は大切な場所であり、そこを守ってくれる自分が寂しがっているから、慰めるために姿を現してくれただけだ。

「恋人なんてありえないのに……」

月光と自分の関係は明白で、それを教えてやれば伊達も勘違いだったと納得してくれるだろう。

けれど、そうすることができない颯壱は、伊達の前では恋人のふりをするしかなさそうだと諦め、一升瓶を手に台所へと急いでいた。

＊＊＊＊

先に風呂に入ってパジャマに着替えた颯壱は、寝室として使っている和室の常夜灯を点けたまま、敷いた布団に横たわっていた。

祖父母と暮らしていたころは、仕事に使っている和室に布団を敷いて寝起きしていたのだが、ひとり暮らしになってからは仕事するための部屋を別に設けていた。

布団を敷くたびに座卓をどける手間も省けるし、生活感のない部屋のほうが仕事が捗《はかど》る気がしたのだ。

子供のころから使ってきた部屋は八畳あり、勉強机や本棚、箪笥《たんす》などが置いてある。

多くを占めているのは本棚で、これまで読みあさってきた本で埋め尽くされていた。

それでもまだ充分すぎるほどのスペースが残っているから、布団を部屋のど真ん中に敷いている。

多少、寝相が悪くても、どこに身体をぶつけることもない。朝になって目覚めたとき、畳の上に大の字になっていることも少なくなかった。

「まだ飲んでるのか……」

布団に入ってからだいぶ経つのに、月光と伊達の話し声が聞こえてくる。

客間とこの部屋のあいだには、仕事に使っている和室があるだけで、廊下との仕切りも襖一枚あるだけだから、声がよく聞こえてくるのだ。

「夜明かしで飲みそうな雰囲気……」

彼らを気にしていたら、こちらが寝損なってしまいそうな気がし、薄手の掛け布団を頭の上まで引っ張り上げ、しっかりと目を閉じる。

「颯壱、今夜はこちらで寝るぞ」

寝ようと思った矢先に、いきなり襖を開けて月光が入ってきた。

（もう……）

頭まで被っている掛け布団を捲り、勢いよく身体を起こす。

「伊達さんは？」

「自分で布団を敷き始めたから、飲むのをやめて出てきたのだ。伊達はなかなか面白い男だな、今夜はいつになく酒が進んでしまった」

珍しく苦笑いを浮かべた月光が、後ろ手に襖を閉めたかと思うと、こちらに歩み寄ってきた。

いつも寝ている客間を奪われた彼は、行き場をなくしてしまったのだ。とはいえ、一緒に寝るなどとんでもない。

「なんでこっちで寝るんだよ？　部屋なら他にもあるじゃないか」

大声をあげそうになったけれど、まだ伊達が寝ていないかもしれないと思い、声を潜めて言いながら月光を見上げる。

「私に布団を敷かせるつもりか？　おまえと一緒に寝ればすむことではないか」

「だからって……」

これから月光のために布団を敷いてやるのは面倒だ。どうしたものかと頭を悩ませていると、彼が勝手に布団に入ってきた。

「ちょ……」

颯壱が慌てて布団の端に避けたのをいいことに、隣に横たわった彼がこちら向きに寝返りを打ってくる。

鼓動が一気に跳ね上がった。自分の耳にその音が響いてくるくらい、ドクン、ドクンと激しく脈打っている。

顔も耳も熱くてしかたないというのに、彼はあろうことか颯壱に身をすり寄せてきた。

「たまには添い寝もいいものだぞ」

「隣の部屋に布団を敷いてやるから、そっちで寝ろよ」

「面倒なことはしなくていいから、おとなしくしていろ」

そんなことを言いながら、両の腕で抱きしめてくる。

「なっ……」

颯壱は息を呑んで硬直した。

いきなりの抱擁《ほうよう》に慌てたのもあるが、先ほどまで洋服を着ていたはずの月光が、なぜか裸になっているのだ。

そればかりか、頭にはあの尖った耳もある。まさかと思って掛け布団を少し捲ってみると、ふさふさの長い尻尾が見えた。

「なんで……服はどうしたんだよ？」

「服を着て布団に入るのは人間くらいのものだ」

小さく笑った月光が、頬をすり寄せてくる。

「やめろよ」

大声をあげたいのに、伊達が気になってそれもできない。

だからといって月光の好きにさせておけるわけがなく、抱きしめてくる腕の中でジタバタともがく。

「こうしていると落ち着くだろう」

抗《あらが》いなどものともせずに耳元で囁いてきた月光に、頭を優しく抱き込まれた。

「おまえは小さいな」

耳元をかすめていった吐息に肩が震え、抵抗したいのにできなくなる。

大きな彼の身体にすっぽりと自分が収まっていて、背に回された腕はまるで宝物を扱うかのように優しい。

パジャマ越しにほんのりと伝わってくる温《ぬく》もりに、月光の言葉どおり安らぎを覚える。

最後にこうして誰かの腕の中で眠ったのは、いったいどれくらい前のことだろうか。

ずっとこうしていたくなってくる。このまま深い眠りに落ちたら、さぞかし気持ちよさそうだ。

「あったかい……」

思わずつぶやき、そっと彼の背に手を回す。

指先に伝わってくる温もりの心地よさに、自然と手が彼の肌を撫でていく。すると、颯壱の身体にふさふさとした長い尻尾が絡みついてきた。

銀色の毛に覆われた尻尾へと手を移した颯壱は、柔らかな毛並みの手触りを楽しむ。

まるで絹糸を束ねたように滑らかで、いつまでも触っていたい気分になり、無心で撫で回す。

「私を煽《あお》るな」

スッと腰を引いた月光の声に、広い胸に預けていた顔を起こした颯壱は、怪訝《けげん》な顔で見返した。

「えっ？　なにもしてないけど？」

「私の尾は生殖器と同じくらい敏感なのだ」

月光が吐き出す息がやけに熱っぽい。銀色に戻っている瞳もいつになく強い輝きを放っている。

「き、聞いてないよ……」

熱くて硬いものがパジャマ越しに内腿《うちもも》に触れているのを感じ、慌てて月光の腕から逃れようとした。

「もう手遅れだ」

耳元で短く言い放ってきた彼がいきなり寝返りを打ち、仰向けにされた驚きに颯壱は目を瞠る。

「そんな顔をするな」

柔らかに微笑んだ彼に唇を塞がれた。

「んっ……」

ことさら深く唇を重ねられ、顔を背けることもできない。

唇を貪られたまま、脇腹に手を添えてきた彼にツッと撫で上げられ、ゾクゾクするような感覚に震えが走る。

「感度がいいな」

唇を触れ合わせながら囁いてきた彼が、指先で胸の突起を捕らえてきた。

パジャマの上から乳首を刺激され、そこから広がっていった甘酸っぱい痺れに、全身をわななかせながら唇から逃れる。

「ぁ……ああ……」

幾度も乳首を指先で弾かれ、自分の声とはとうてい思えない甘声が立て続けに零れ落ちた。

「大きな声をあげると聞かれるぞ」

笑いを含んだ声が耳をかすめていき、颯壱は慌てて唇をきつく噛みしめる。

月光は本気だ。早く彼の手から逃れなければと思うのだが、身体が思うように動いてくれない。

それに気づいているのか、月光が胸を弄《いじ》る手を滑り落としていく。パジャマの上を伝っていく手が、灼《や》けるように熱く感じられた。

「ひっ……」

スルリとズボンの中に入ってきた手で直に己を握り取られ、喉の奥が引き攣って全身が硬直する。

「やめ……」

大声をあげようとした颯壱は、途中で言葉を呑み込み、片手で口をしっかり塞いだ。

家はどこも静まり返っている。大きな声を出したら響いてしまうだろう。したたかに酒を飲んだ伊達は、酔って寝てしまっているだろうが、起きている可能性がまったくないとは言い切れない。

それに、用を足しに行くには、この部屋の前を通っていかなければならないのだ。声が外にもれるようなことがあってはならなかった。

「邪魔をするな」

悪戯《いたずら》をやめさせたくて月光の腕を掴んだのに、あっさりと払いのけてくる。それればかりか、己自身を片手に収めたまま胸に顔を埋めてきた。

「くっ……」

布ごと乳首を噛まれ、瞬間的な痛みに細い腰が跳ね上げる。けれど、痛みはすぐに甘い痺れとなって広がっていく。と当時に、彼の手に捕らえられている己が、熱く疼《うず》き始めた。

「いやだ……こんなの……」

乳首を噛まれて感じてしまったのが恥ずかしくてたまらず、必死に腰を捩《よじ》って逃げ惑う。

「いやではなく、本当はこうして欲しいのだろう?」

手に収めている己を、月光が緩やかに扱き始めた。

たったそれだけのことに、己の疼きがいっそう強まり、次第に力を漲《みなぎ》らせてくる。

「やだ……月光、頼むから……」

「私を煽ったおまえが悪い」

「だって……知らなかったから……」

尻尾に触るなと先に言ってくれていれば、絶対に触ったりしなかった。

どうしたら彼を止めることができるのだろう。大きな声をあげることもできず、力では敵わないとわかっている颯壱は必死に考えを巡らせる。

（耳だ……）

月光の急所を思い出し、胸に埋めている頭を手で探ろうとした。けれど、唐突に彼が頭を起こしてしまい、耳が遠ざかっていく。

（くそっ……）

あと少しだったのにと悔しがりながら、力なく手を布団に落とす。

「こんなものは邪魔だな」

膝立ちになった月光が、パジャマのボタンに手をかけてくる。

ハッとして視線を上げた颯壱の瞳に、常夜灯の明かりに浮かび上がる彼の姿が映った。

いつの間にか解けた銀色の長い髪が、広い肩に広がっている。厚い胸板、ほどよく盛り上がった上腕、引き締まった腹、そして、天を仰ぐようにそそり立つ月光自身に目が釘付けになった。

「うそ……」

月光のそれは、人間とまったく同じ形態をしている。浮き上がった裏筋も、傘のように広がった先端のくびれも、己のものとなんら変わらない。

ただひとつ異なっているのは、その長さと太さだった。目を疑うほどの逞《たくま》しさに、颯壱は何度も息を呑んだ。

「さあ、これでいい」

月光の声に我に返ると、パジャマばかりか下着も脱がされていた。

彼の目に全裸を晒《さら》す恥ずかしさに、咄嗟に寝返りを打って横向きになった颯壱は、両の膝を胸に引き寄せ、身体を小さく丸める。

自分たちの他に誰も家にいなければ、隙を見て部屋を飛び出すこともできただろう。けれど、客間に伊達が泊まっているから、そうもいかなかった。

月光は完全にその気になっている。隆々とした彼自身に貫かれるのかと思うと、怖くて震えが止まらなかった。

「気持ちよくなるのは、嫌いではないだろう?」

「あっ……」

背中越しに抱きしめてきた月光が、胸に引き寄せている脚と腹のあいだに片手を滑り込ませ、すっかり萎《な》えてしまった颯壱自身を再び手に収めてくる。

そのまま、大きな手でやわやわと揉みしだかれ、瞬く間に熱が舞い戻ってきた。

「あっ……あああぁ……」

やめろと叫びたいのに言葉にならない。そればかりか、彼の丹念な愛撫《あいぶ》にすっかり勃《た》ち上がった己が、激しく脈打ち出す。

間もなくして、下腹の奥から馴染《なじ》みある感覚が湧き上がってきた。膝を抱えている腕から力が抜け落ちていき、身体を丸めていられなくなる。

「んっんん……ふ……ぅん」

輪にした指でつけ根から強めに扱き上げられ、指の先を裏筋やくびれに這わされ、たまらない快感に身体中の熱が高まっていく。

硬く張り詰めた先端から蜜がとめどなく溢れ出し、裏筋を伝っていった。それを指先で塗り込められ、甘い痺れに己が打ち震える。

「ああぁ……あっ……もっ……」

勢いよく迫り上がってきた射精感は我慢し難いほど強烈で、いつの間にか伸ばしていた脚の先がキュッと縮まった。

その脚に長い尻尾が絡みついてくる。ふさふさの毛に肌をくすぐられる心地よさに、快感が増幅していく。

「っ……ふ……あぁぁ……」

もう声を堪えることにも頭が回らない。荒々しく押し寄せてくる射精感に、意識のすべてが向かっていた。

「早く……出……そう……」

我を忘れて腰を前後に揺らし、自ら頂点を目指してく。

月光の手の動きがにわかに速まり、颯壱は下腹の奥から駆け上がってきた抗い難い奔流に呑み込まれていった。

「あ――っ……」

いきなり片手で口を塞がれたが、声を抑えることなどできない。

達した瞬間の叫びは、大きな手の中でくぐもり、消えていった。

「んっ」

吐精の余韻に浸る間もなく、長い指を咥えさせられた颯壱は首を振って嫌がる。

「しっかりと咥えるんだ」

達したばかりの己を握ったままそう言った月光が、長い指で口の中を弄り始めた。

やわやわと己を揉んでいる彼の手に意識が向かい、抗いを忘れる。自然と溢れ出してきた唾液が口の端から零れた。

あごや首が濡れていくのは気持ちのよいものではなかったけれど、唾液はあとからあとから溢れてくる。

何度も長い指を抜き差しされ、擦られる唇が甘く痺れてきた。それればかりか、いつまでも口を出入りする指に、妙な気分になってくる。身体中がゾクゾクして、肌がざわめいていた。

「よくできた」

唐突に咥えさせられていた指が遠ざかり、颯壱は熱い吐息をもらす。

「はふっ……」

「指を咥えて興奮したのか？　こちらに力が戻ってきているぞ」

耳元でククッと笑った彼が、己を掴んでいる手を手早く動かしてくる。

「あぁ……うぅ」

甘声をあげたのもつかの間、唾液に濡れた指先を秘孔《ひこう》に押しつけられ、湧き上がってきた快感に震えていた颯壱の身体が一瞬にして硬くなった。

「恐れず力を抜いていろ」

耳元であやすように囁いてきた月光が、颯壱自身を扱きながら秘孔の奥へと指を進めてくる。

「んっ……んん」

不快な異物感に身を縮めたとたん、解き放った精に濡れている己の先端を撫で回され脱力してしまう。その瞬間を逃さず、ググッと進めてきた指で秘孔を貫かれた。

「んっあ……ああ……あっ……」

腰を捩って嫌がっても、穿《うが》たれた指から逃れることができない。

不快感と窮屈さに、涙が滲《にじ》んでくる。それなのに、彼は容赦なく秘孔を貫いた指で中を掻きまぜてきた。

「やだっ……抜いて……お願い……」

どれほど頼んでも、月光は聞き入れてくれない。

「はっ……い……やぁ」

彼の指がどこかを押し上げたとたん、脳天を突き抜けていくような快感が炸裂し、颯壱の細い身体がしなやかに反り返った。身体中から一気に玉のような汗が吹き出してくる。

秘孔を貫いている指で、何度も同じ場所を押し上げられた。そのたびに、達したような感覚に襲われる。

まるで、そこは快感の源のようだ。刺激されただけで、目の前がチカチカするほどの快感が炸裂した。

「ひっ……あ……ああっ」

自分の身になにが起きているのかわからないまま、颯壱は苦しいほどの快感に身悶《みもだ》え続ける。

「もうよさそうだ」

月光の声が遠くに聞こえると同時に指が抜かれ、さらには身体を俯せにされた。

すぐさま腰を高く引き上げられ、四つん這いの格好にさせられたけれど、抗うだけの力が残っていない。

「っ……」

指とは異なる太くて熱い塊が秘孔にあてがわれ、颯壱は無意識に腰を引く。

けれど、いとも容易く腰を引き戻され、熱い塊が秘孔にめり込んできた。

「うぁ――」

強烈な痛みに悲鳴をあげた口を、再び大きな手で塞がれる。

なんの前触れもなく、そのまま怒張で貫かれ、身体が引き裂かれるような衝撃に息が詰まった。

こんなにもひどい痛みは経験したことがない。体温が上がっている身体が冷たい汗に覆われ、溢れ出した涙がポタポタと敷布に落ちていく。

「ううっ……」

まるで、灼熱の楔《くさび》を穿たれているようだ。

痛すぎて声にもならず、呻き続ける。

「颯壱、おまえの中は温かい」

感じ入った月光の声が、頭の上から降ってきた。

こちらは苦しいばかりなのに、快感を得ているような彼が憎らしくなってくる。

どうして彼は、自分にこんな仕打ちをするのだろう。なんでもいいから早く楽になりたい。あまりの痛みに、おかしくなってしまいそうだ。

「こちらも可愛がってやろう」

颯壱の股間に手を回してきた彼が、すっかり縮こまってしまった己を手に収めてくる。

先端部分を揉み込まれ、裏筋を指の腹で擦られ、のたうち回りたいほどの激痛に見舞われているのに、己が熱を帯びてきた。

「ひっ」

秘孔を貫いている灼熱の楔で、快感の源を押し上げられ、なにかが下腹で弾ける。

一緒に己を手早く扱かれ、硬く張り詰めた己から予期せぬ精が迸《ほとばし》った。

「はっ……あぁぁ……あっ、あ」

二度目の吐精に身を震わせているのに、月光が腰を使い始める。

最奥を突き上げてきたかと思うと、そのままの勢いで腰を引かれ、今にも頽れそうな身体ごと持って行かれた。

ときに快感の源を先端で擦られ、吐精を伴わない苦しいだけの絶頂を味わわされる。

立て続けに二度も昇り詰めさせられたうえに、達した瞬間の感覚だけを幾度も味わっている颯壱は、いつしか荒れ狂う快感の嵐に巻き込まれていた。

第五章

「くっ……」

無意識に寝返りを打った瞬間、激痛に腰を襲われた颯壱《そういち》は、深い眠りから覚めて目を開けた。

「いっ……た……」

尾てい骨のあたりがとくにひどく痛み、唇を噛みしめる。

自分の部屋で寝ていたはずなのに、いったいどうしてしまったのだろうかと、眉根を寄せつつ片手を布団について身体を起こす。

「く……ぁ……」

我慢し難い痛みに布団へ倒れ込みそうになった身体が、いきなり誰かに支えられた。

「大丈夫か？」

心配げな月光《げっこう》の声に、一気に昨夜の出来事が脳裏に蘇ってきた颯壱は、痛みも忘れて飛び退《の》く。

膝を抱えて座り込んだものの、素っ裸でいることに気づき、上掛けを引き寄せて身体を隠した。

畳に直に片膝を立てて座っている月光は、耳と尻尾がある状態だったが、同じくなにも身につけていない。

(月光と……)

露わな股間を隠そうともしない彼から目を逸らし、唇を噛んであらぬ方を見据える。

恥ずかしさもあるけれど、怒りのほうが遥かに大きい。

「月光、なんであんなこと……」

声を荒らげたそのとき、以前、月光が口にした言葉を思い出し、颯壱は血相を変えた。

「月光、僕はもう死ぬことができないのか？　この身体は不死の身体になってしまったのか？」

身体ごと向き直って躙り寄り、月光の腕を掴んで揺さぶる。

尻に感じている痛みは現実のものであり、それは月光自身を受け入れた証しだ。

無理やり身体を繋げてきた彼に精を注がれた自分は、死を迎えることがない身体になってしまった。そのことにただならない恐怖を覚えている。

「人間にとって死は恐ろしいものではないのか？」

月光がそう言いながら、理解し難いと言いたげな顔で見返してくる。

誰でも死ぬのは怖いはずだ。けれど、生あるものは必ず死を迎える。それが生き物の定めであり、みないずれ自分は死ぬものと思っている。

不死の身体を手に入れられたからといって、単純に喜ぶ者が果たして世の中にどれだけいるだろうか。

「死ぬのは怖いよ、だけど、勝手に不死の身体にされるのなんて嫌に決まってるだろう」

思いをありのまま口にした颯壱が睨みつけると、なんと月光は笑みを浮かべて首を横に振った。

「心配するな、おまえはまだ不死の身ではない」

「なんでだよ？　おまえと身体を繋げたら不死身になるって言ったじゃないか、あれは嘘だったのか？」

尻を浮かし気味に食ってかかった颯壱は、腹に巻き付けている上掛けが擦り落ちそうになり、慌てて片腕で押さえる。

聞き間違いなどではなく、自分と身体を繋げて精を受け止めれば不死身になれると、彼は間違いなく言ったのだ。

あのときの彼が、口から出任せを言ったようには思えない。なぜいまになって言葉を覆すのだろうか。

もしかして、不死の身体などにはなれないのか。いや、そうではないはずだ。彼は「まだ」と言ったのだから、不死身にはなれるはずだ。

月光が口にしてきた言葉の数々には、嘘も含まれているのかもしれないと思うと、腹立たしくなってくる。

「どっち……」

「朝っぱらから喧嘩《けんか》はよくないなぁ」

言い終わらないうちに呆れ気味の声が聞こえ、颯壱はパッと顔を上げた。

「伊達《だて》さん……」

心臓が口から飛び出しそうなほど驚きながらも、咄嗟に自分に巻き付けている掛け布団の半分で月光の下肢を覆い隠す。

「隠し事がなくなったからって、月光さんも守山《もりやま》君も大胆すぎるよ」

にやにやしているのは、情事のあとだと容易に見て取れたからだろう。

部屋に布団はひと組しかなく、そこに恋人同士が裸でいるのだから、そう考えるのが当然であり、否定のしようもない。

「あ……あの……」

どうやってこの場を切り抜けたらいいのかわからず、言葉が続かないでいる颯壱を横目に、伊達がずかずかと部屋に入ってきた。

「へぇ……月光さんって、そういう趣味があったんだ」

月光の頭に向けられた彼の視線に、耳が出たままだったことを思い出し、颯壱は血の気が引いていく。

「でも、コスプレは守山君のほうが似合うんじゃない？」

そう言ってこちらに視線を移してきた伊達は、どうやら本物の耳だとは思っていないらしい。

この状況で、どうしたらコスプレと思えるのかは疑問だったけれど、今回は勘違いをしたままでいてもらいたかった。

「伊達さん、このことは誰にも言わないでくださいね」

「もちろん黙っていてあげるよ」

神妙な顔で頼み込んだ颯壱は、伊達に快諾されて胸を撫で下ろす。

ところが、彼はまだ部屋を出て行こうとしない。そればかりか、月光の前に立って耳を覗き込んだ。

「それにしても、これ、よくできてるね？　手触りは本物の毛皮っぽいけど……」

「ええ、特注品なんです」

伊達に耳に触られても、月光はまったく動じることなく答えたが、颯壱は長い尻尾が気になってしかたない。

尻尾に気づいた伊達は、間違いなく触ろうとするはずだ。無闇に尻尾を触るのは危険であり、どうあっても阻止しなければならない。

さりげなく月光の後ろに手を伸ばし、やんわりと掴んだ尻尾を上掛けの中にそーっと押し込んだ。

「あの、すぐに着替えて朝ご飯の支度をしますね」

とにかく早く伊達に部屋を出てほしいのだが、彼はしげしげと月光の耳を眺めている。

「あの……」

「ああ、ごめんごめん、邪魔者は退散しないとね」

ようやく察してくれた伊達が、名残惜しそうな顔で和室を出て行った。

廊下を歩く足音が遠ざかっていくのを、耳を澄ませて確認する。ほとんど聞こえなくなり、ようやく安堵した颯壱は、すかさず月光の腕を掴んだ。

「正体がばれたらどうするんだよ？」

「そのときは妖術で彼の記憶を消すから心配するな」

「そんなことができるの？」

「私を誰だと思っているんだ？」

思いがけない言葉にきょとんとしている颯壱に、すぐさま言い返してきた彼は、癇に障るほど得意げな顔をしている。

「あんたはすぐにサカるエロ狐だろ」

腹立ち紛れに言い放つと、今度はムッとした顔で睨みつけてきた。

「なんだと？」

「ごちゃごちゃ言ってないで、早くいつもの格好に戻ってよ」

相手をする気が失せ、上掛けを彼に押しつけて立ち上がる。

「おまえは……」

月光は呆れきった顔で見上げてきたけれど、かまわず着替えを始めた。

伊達の登場で話が中断されてしまったから、確認したいことや言いたいことは、まだ山ほど残っている。

ただ、ここでぐずぐずしていると、痺れを切らした伊達が再び姿を現すような気がしてならない。

伊達は今日のうちに東京へと戻っていく。月光と話をするのはそれからでいいだろう。これ以上、ハラハラしたくない颯壱は、どうしたら早く伊達に帰ってもらえるだろうかと、そればかりを考えながら身支度を調えていた。

＊＊＊＊＊

伊達が東京に帰って行き、再び月光と二人きりになってしまった颯壱は、言葉少なに過ごしている。

無理やり身体を繋げられたショックは、さすがにまだ癒えていない。それでも、颯壱はあれから月光を寄せつけないようにするでもなく、また、責めてもいなかった。

聞かされていなかったとはいえ、尻尾を刺激してしまったことで欲情した彼は、自分を抑えられなくなってしまったのだ。

責任の一端は自分にもあると思えば、一方的に月光を悪者にすることもできない。

なにより、月光を嫌悪できないでいるから、二度と刺激しなければ大丈夫と自らに言い聞かせているだけだった。

「畑仕事を眺めながら、酒を飲むのもよさそうだ」

畑にしゃがみ込んで新たに植えた苗に支柱を取り付けている颯壱は、脇で高みの見物を決め込んでいる月光を呆れつつも、声をかけることなく作業を続ける。

いつもより少し遅めになってしまったけれど、野菜の手入れを欠かしたくない思いから畑に出てきていた。

当然のように畑までついてきた月光は、普段と変わらない偉そうな態度で見物しているのだ。

「木陰で昼寝をするのもいいかもしれない」

普段より月光がよく喋るのは、黙りこくっている颯壱を気にしてのことかもしれない。

本当なら、これまでのように言葉を交わしたい。けれど、あの衝撃的な出来事がどうしても頭から離れず、彼の顔を見るたびに羞恥を覚えてしまい、言葉が出てこないでいる。

それに、おかしなことばかり考えている。尻尾を撫でられると、相手が誰でも欲情してしまうのだろうか。相手は男でも女でもかまわないないのだろうか。身体を繋げるという行為に、なにも感情は伴わないのだろうか。

月光は自分を慰めるために、わざわざ姿を現してくれた。そこまでしてくれるのは、少なからず気にかけてくれているからだ。

（僕のこと、どう思ってるんだろう……どうしてあんなことをされても、僕は月光を嫌いになれないんだろう……）

月光の胸の内を知りたいのに、怖くて訊けないでいる。

祠の守り役を大切に思っているだけだと言われたら、きっと悲しくなってしまう。

月光にとって特別な存在でありたい。そうあってほしいと、心のどこかで思っている自分がいる。

けれど、どうしてそんなふうに思ってしまうのかがわからないから、悶々としてしまうのだ。

「颯壱――っ」

日課である畑の手入れをしていた颯壱は、声が聞こえてきた方角へと視線を移す。

白いビニール袋を片手に軽トラックから降りてきた賢太《けんた》が、いつものように勝手に門を開けて畑に向かってくる。

彼が訪ねてくるのは二週間ぶりくらいだろうか。これまでは、次にいつ来てくれるのだろうかとよく考えたものだが、月光が一緒に暮らしているせいか、すっかり忘れていた。

自分のことを誰よりも気にかけてくれているのに、忘れてしまっていたことが申し訳なく思え、颯壱はことさら明るい顔で賢太に声をかける。

「おはよう、今日もいい天気だね」

駆け寄って行きたかったけれど、作業途中の颯壱は手が離せない。

すると、脇に立って作業を見物していた月光が、驚いたことに自分から賢太に歩み寄っていった。

「おはようございます」

「月光さん、まだ泊まってらしたんですか？　延長してもらったんですよ」

「ええ、あまりにも住み心地がいいので、延長してもらったんですよ」

賢太と笑顔で言葉を交わす月光が、初めて会ったときより愛想がいいように感じられ、伊達のこともあって気になった颯壱はしゃがんだまま彼らに目を向ける。

「そうですか、村を気に入ってもらえて嬉しいです」

「本当にここは素晴らしいところですね、このまま住み続けたいくらいです」

月光は都会から田舎を体験しにきた青年という初期設定を、律儀に守ってくれている。

このぶんなら、賢太の勘違いを誘うような言葉は口にしないだろう。

放っておいても大丈夫そうに思え、颯壱は作業を早く終わらせてしまおうと、急いで手を動かしていく。

「移住を考えているんですか？」

「まだ決めたわけではありませんけど、かなり迷ってます。なにしろ、この村は長閑で、空気は綺麗で、天候も穏やかですからね。僕が来てから、一度も天気が崩れていないんですよ、山あいの村なのに信じられませんよ」

耳に届いてきた月光の言葉に、颯壱は声を押し殺して笑う。

この村の天候がいつも穏やかなのは、月光が目を光らせてくれているからだ。自らの行いを褒めているようなものであり、おおいに呆れる。

「ああそうだ、月光さん、ウチの養鶏場を見学してみませんか？」

「養鶏場ですか……」

賢太から明るく誘われた月光が、不意に声のトーンを落とした。

どうしたのだろうかと思い、颯壱はさりげなく彼に目を向ける。

「この前、持ってきた鶏肉と卵、食べてませんか？」

「いただきましたよ、とても美味しかったです」

「でしょう？　ウチの養鶏場は育て方にこだわっているから、身も卵も味がとっても濃いんですよ。朝から晩まで放し飼いにしていて、産みたての卵を拾ったりもできますから、遊びに来てみませんか？」

自らが育てている鶏に誇りを持っている賢太は、自信に満ち溢れている。月光はこれといってすることもなく日々を過ごしているのだから、退屈しのぎに丁度いいと考えているに違いない。

そう思ったのに、彼はなかなか返事をしない。そればかりか、珍しく困ったような顔をしている。

（あっ……狐だから……）

鶏にとって狐は天敵だ。月光が人間に姿を変えていたとしても、鶏たちは容易に察するはずだ。彼が養鶏場に行ったりしたら、きっと鶏たちが大騒ぎをするに違いない。

「賢ちゃん、ごめん……」

急いで土に汚れた手を払って立ち上がった颯壱は、上手い言い訳を考えながら二人に駆け寄って行く。

「月光さん、鶏が……」

苦手と言おうとして、慌てて口を噤む。

先ほど、月光は肉と卵を食べたと答えてしまっている。別の理由にしなければ、賢太も納得しないだろう。

「あの……猫とか犬のアレルギーってあるじゃない？　あれと一緒で鳥のアレルギーなん

だよ」

「鳥のアレルギー？」

訝しげに眉根を寄せた賢太に、颯壱はさらに続ける。

「肉も卵も食べるのは平気だけど、インコみたいに小さい鳥でも、そばに行くとくしゃみとか鼻水が止まらなくなるんだって」

「すみません、せっかくお誘いいただいたのに」

助け船に乗っかった月光が、賢太に向けて申し訳なさそうに肩をすくめてみせた。

「そうですか、残念だな……」

「でも、ほら、月光さんは鶏肉も卵も好きだから……とくに卵かけご飯が好きなんだよ、黄身の味が濃くて美味しいんだって」

颯壱は必死に賢太を慰めつつ、月光をチラッと見やる。

彼はこれ以上、口を挟まないほうがいいと思っているのか、黙ったままだ。

「そうなんだ？　じゃあ、卵を多めに持ってくればよかったな……」

そう言って自分の手元に視線を落とした賢太が、颯壱に提げているビニール袋を差し出してくる。

「今度はいっぱい持ってくるよ」

「ありがとう」

「じゃ、またな」

満面の笑みで颯壱の肩を叩いてきた賢太が、門に向かって歩き出す。

「気をつけてね」

後ろ姿に声をかけ、上手く誤魔化《ごまか》せたことに安堵し、肩で大きく息をつく。

「はぁ……」

ほどなくして賢太が乗った軽トラックが見えなくなり、颯壱は隣に立っている月光を見上げた。

「あれでよかった？」

「よく気がついたな？　どう言い訳したものか迷っていたから助かったぞ」

大きくうなずき返してきた月光に礼を言われ、面映《おもは》ゆくなって視線を落とす。

「もう機嫌は直ったのか？」

片手であごを捕らえてきた彼に顔を上向かされ、しかたなく目を合わせる。

「べつに機嫌が悪かったわけじゃないよ」

素直に答えながらも、見つめてくる濃灰色の瞳がどこか熱っぽく感じられ、スッと視線を逸らしてしまう。

「昨夜のことを怒っているものとばかり思っていたが、違うのか？」

「怒ってるよ……怒ってるけど……」

力なく首を振って月光の手から逃れた颯壱は、意を決して真っ直ぐに見上げた。

「怒ってるのに月光のことが嫌いになれないんだ……あんなことされたら普通は嫌いになるだろう？　家から追い出したくなるだろう？　それなのに、こうやって月光と一緒にいる……僕、どうしちゃったんだろう……」

自分でもわからないでいる己の気持ちを、月光が理解できるはずもない。それなのに、胸に渦巻くモヤモヤを取り払いたくて、彼に縋《すが》ってしまう。

「おまえは本当に可愛い」

両の手で頬を挟んできた月光に笑いながら見つめられ、ただならない羞恥に襲われた颯壱はクルリと背を向ける。

「颯壱……」

いきなり月光が背後から抱きしめてきた。

やんわりと包み込まれ、胸が大きく弾んで身体が硬直する。

「私はおまえが村にやってきたときから、ずっと見守ってきた」

唐突に話し出した月光が、強ばっている颯壱の肩にあごを預けてきた。

「爺さまと婆さまに初めて祠に連れられて来たおまえは、手を合わせて熱心に祈っていたな……覚えているか?」

静かな声に耳を傾けていた颯壱は、小さく首を横に振る。

「おまえは〝月光さま、月光さま、僕が立派な大人になれるよう見守ってください。天国にいるお父さんとお母さんが悲しまないように、立派な大人になりたいんです〟と、懸命に私に訴えたんだぞ」

「ああ……」

幼心に両親を悲しませたくないと思ったことが、ふと脳裏に蘇ってきた。

「両親を失ったばかりだというのに、なんと強い心を持っているのだろう。そう思っておまえに関心を向けてみれば、朝な夕なに布団の中で泣いてばかりだった」

「それは……」

颯壱は言い淀《よど》んで深く項垂れる。

引き取ってくれた祖父母はとても優しく、実の子のように可愛がってくれたけれど、ひとり布団に入ると両親がいない寂しさが込み上げてきて、涙が溢れてきたのだ。

まだ小学校に上がっていないのに、一度に両親を失ったのだから、泣き暮れて過ごすのもしかたない。そう言い返したいのに、なぜか言葉が出てこなかった。

「ひとり涙を流しながらも、祠の前では立派に大人になりたいと願うおまえがあまりにも健気で、私は村を守っていくだけでなく、おまえも守っていこうと心に決めたのだ」

「僕のことを？」

腕の中でいきなり身体を反転させられ、不思議に思っていた颯壱は驚きに目を瞠る。

「おまえが幼いころ、私は一度、おまえに姿を見られてしまったことがあるのだが、覚えているか？」

「覚えてる……」

小さな声で答えると、彼はふと目を細めた。

「あのときは、どうしてもおまえの姿をこの目で見たくなり、気まぐれにこちらへとやってきたのだ。少しだけ眺めて戻るつもりだったのだが、おまえに気づかれて慌てて姿を消した。目をぱちくりさせているおまえは、本当に可愛かった」

髪に指を滑り込ませてきた月光が、優しく頭を撫でてくる。

自分のことを見るために、わざわざ向こうの世界からやってきたと知り、颯壱はまたしても驚く。

「私の仕事は陰から見守ってやることであり、本来、人に姿を見せることは許されない。だから、あれきりおまえの前に姿を現さないようにしてきた。だが、向こうの世界にいても、おまえのことばかり見ていた。おまえを見ているのは本当に楽しかったのだ。純粋な心を持つおまえは、見る間に村の生活に馴染んでいき、涙する日も時が経つとともに減っていき、驚くほど健やかに育っていったな」

愛しげに見つめてきた月光が、颯壱の髪を指先に絡めて弄《もてあそ》び始める。

寂しくて泣いていたときも、祖父母のそばで和んでいたときも、学校の友達とはしゃいでいたときも、彼にすべて見られていたのかと思うと少し恥ずかしかった。

けれど、彼の穏やかな声、柔らかな眼差し、シャツ越しに伝わってくる温もりに、身体の強ばりが次第に解け始める。

「欠かさず祠にやってきては、〝月光さま、ありがとうございます〟と一日の礼を言って酒を供えてくれるおまえを、私はいつしか愛しく思うようになったのだ」

「愛しく？」

思いがけない言葉を口にした月光を、颯壱は長い睫を瞬かせて見返す。

「だが、私は村の守り神であり、おまえを見守ることしかできない……」

言葉を途切れさせた月光が、苦渋の面持ちで見つめてきた。

「やがておまえは大学に進学して村を離れ、私の役目は終わった」

「どうして？　ずっと見守ってくれるつもりだったんじゃないの？」

「私の神通力が通用するのは村に限られているのだ。遠く離れて暮らすおまえを見守ることはできない。だから、村を発《た》つおまえを眺めながら、諦める潮時だと思ったものだ」

「でも、僕は……」

「そうだ、おまえは村に戻ってきた。そして、婆さまが逝ってしまい、再びおまえが寂しさに涙する日が始まった」

力なく笑った月光に、きつく抱きしめられる。

「おまえはいつも私の心をかき乱してくる……愛しいおまえが泣いてばかりだから、居ても立ってもいられなくなった……颯壱、私はおまえが恋しい……あちらの世界から見守っているだけでは、もう気がすまなくなってきたのだ」

初めて聞かされた月光の思いに、颯壱は激しく動揺した。

ただ自分を慰めるために、彼は姿を見せたのではないのだ。特別な思いがあったから、そばにいてやると言ったのだ。

引き取ってくれた祖父母と暮らすため、この村にやってきたときから、月光は自分を見守ってきてくれた。

ただ見守っているだけのはずが、恋心を募らせるようになっていった――彼の真摯な思いが心に響いてくる。

けれど、村の守り神である彼から、いきなり愛しいだの恋しいだの言われても、どう答えていいのかわからない。

月光が姿を現してから過ごしてきた日々は、いろいろありながらも楽しかった。ひどいことをされても嫌いになれないでいるし、ずっとそばにいてほしい思いがある。

それでも、この気持ちは恋とは違う気がした。今は人の姿をしているけれど、彼の実態は妖狐であって人間ではない。そのうえ、自分と同じ男なのだ。これから先も、月光に恋心を抱くようになるとは、とても思えなかった。

「こ……困るよ……そんなこと言われても……」

真っ直ぐに向けられる熱のこもった瞳が急に怖くなり、突き飛ばすようにして月光から離れた颯壱は、家に向かって一目散に駆け出す。

「月光が僕のこと好きだったなんて……」

そんな素振りすら見せてこなかったから、動揺が収まらない。

だいたい、ずっと黙っていたのに、どうして急に告白してきたのだろう。

尻尾に触ったからその気になったわけではなくて、はじめからそのつもりで布団に入ってきたのかもしれない。

「月光さまは月光さまだよ……好きになられても困る……」

息せき切って家に飛び込み、スニーカーをあたふたと脱ぎ捨てて廊下に上がり、自分の部屋に向かって走り出す。

「うわっ……」

襖を開けて中に入ろうとしたところでドンとなにかにぶつかり、勢い余って派手に尻餅をつく。

「いった……」

壁などないはずなのに、いったいどうしたのだろうかと、痛みを堪えつつ顔を上げてみると、煌びやかな衣裳を纏った月光が立っていた。

「な……なんで……」

彼は自分を追い越していない。それなのに、どうして彼のほうが先に家の中に入っているのだ。

（あっ……）

月光は妖術を使ったのだ。

変身できるだけでなく、記憶を消すことができるくらいなのだから、瞬間的に移動することなど容易いのだろう。

彼から逃げることはできない。そう思ったとたん、全身に冷たい汗が浮き上がり、そこかしこが震え出した。

「昨夜はおまえのことを思い、精を注ぐことなく終えたが……」

目の前にしゃがみ込んできた月光に、腕をきつく掴まれる。

(精を注いでいない?)

だから彼は〝まだ不死の身ではない〟と言ったのだ。

強引に貫いてきておきながら、どうしてそんなことをしたのだろうか。月光の言葉が解せない。

「なんでだよ? 僕を思ってって、どういうことだよ?」

「おまえが望むまで待つつもりでいたのだ。私のすべてを受け入れ、そして、不死の身となることに同意するまで待ちたかったのだ」

腕を掴んでいる月光が、その場に立ち上がる。

力任せに身体を引っ張り上げられた颯壱は、否応なく立ち上がった。

強引に身体を繋げてきながら、最後に思いやりを見せるだけの優しさが月光にはある。

けれど、もうこちらを気遣ってもいられなくなっているようだ。このまま一緒に暮らしているだけでは、満足できないのだろうか。そんなにも、月光の思いは強いのだろうか。

まともに恋愛をしていないから、誰かを好きになったときの気持ちがわからなかった。

月光の気持ちは受け止めてやれそうにない。それでも一緒にいたいと思うのは我儘《わがまま》なのだろうか。颯壱の心が千々に乱れる。

「このまま待つことはもう難しい……私はいますぐおまえの中に解き放ちたいのだ」

部屋に引きずり込まれ、畳の上に押し倒された。

「やめ……」

颯壱が抗う間もなく、月光が唇を塞いでくる。

「んっ……」

唇を深く重ねられ、片腕に抱きしめられ、身動きが取れなくなった。

音もなく揺れ動くふさふさの尾の先で頬を撫でられ、こそばゆさに身震いが起きる。

幾度か唇を重ね合ったけれど、これまで以上にくちづけが熱く感じられるのは、愛の告白をされたからだろうか。

己の気持ちを抑え込めなくなるくらい、月光は自分を愛してくれている。なにをされても嫌いにならず、一緒にいたいと思うのは、彼に惹《ひ》かれているからなのだろうか。

ここで頑なに拒んだら、きっと彼は向こうの世界に帰ってしまう。そばにいるのがあたりまえになっている彼が姿を消したら、堪え難い寂しさに襲われるはずだ。

月光の愛を受け入れることには躊躇いがある。けれど、自分のそばにいてほしい。それが我が儘なのはわかっている。

それでも彼と離れ難い思いがある颯壱は、唇を貪られる中、どうしたらいいのだろうかと、抵抗するのも忘れて思いを巡らせる。

「颯壱、おまえを喰らい尽くしたい」

息を触れ合わせながら囁いてきた月光の片手が、デニムパンツの前を捕らえてきた。

「月光……」

咄嗟に彼の手を掴む。

心は乱れたままでなにも答えが出ていないのに、彼の意のままになってはいけない。それだけは確かだ。

「やめろ……手を離せ」

懸命に抗ってみても、力ではとうてい勝ち目がない。

どうすれば彼から逃れられるだろうかと思った矢先、ピンと尖った大きな耳が目に飛び込んできた。

（耳か……）

月光の急所であることを思い出し、両の耳をきつく掴んだ颯壱は、即座にあらん限りの力を込めて引っ張る。

「ぐぁ……」

低く呻いた彼が、片手を胸にあてて項垂れた。

彼はそのままピクリとも動かない。どうやら効き目があったようだ。逃げるならいまとばかりに、颯壱は畳に身体を擦りながら彼の下から抜け出す。

「はぁ、はぁ……」

遠く離れたところで、荒い息を吐きながら視線を前に向ける。

「なっ……」

仰天の光景に息が止まりそうになった。

そこにあるべき月光の姿はなく、体長が一メートルはあろうかという銀孤がジッとこちらを見つめている。尾が胴体以上に長く、額に月の形をした金色の毛が生えていた。

どうして急に姿を変えたのかはわからなかったが、銀孤が月光であることは間違いないはずだ。

「月光？」

颯壱が呼びかけたとたん、銀孤がサッとこちらに尻を向け、勢いよく部屋を飛び出していった。

「月光？」

こちらを見ていた銀孤の瞳がやけに悲しげだったのが気になり、勢いよく立ち上がって彼を追いかける。

普段から容易く変身しているのだから、すぐ元の姿に戻ればいいだけのことだ。それなのに、彼は逃げ出していった。なにか理由があるはずだ。

玄関まで廊下を走ってスニーカーを突っかけ、外に出て行く。まだ陽は高くてあたりが明るいから、すぐに見つけられそうな気がした。

「祠か！」

玄関の前で左右に目を向けた颯壱は、月光が真っ先に向かう場所は祠しかないと確信して駆け出す。

砂利の小路を一気に祠まで走って行く。陽が高く昇っていても、鬱蒼とした裏山は薄暗い。それでも、目を凝らせばあたりは見渡せた。

「月光ーっ、どこにいるんだ？」

祠の前で大きな声をあげてみたが、さざめく葉音しか聞こえてこない。

もう向こうの世界に戻ってしまったのだろうか。

「月光――――っ」

いくら呼んでも返事はないし、姿も見えない。

「どこにいっちゃったんだよ……返事くらいしてよ……」

答えてくれないから、不安でいっぱいになる。

「もしかしたら……」

銀孤の姿ではあちらの世界に行くことができず、裏山に隠れているのかもしれない。そう考えた颯壱は、鬱蒼とした裏山に入っていく。

「月光――っ」

ほとんど人が足を踏み入れることがない裏山は、道などないに等しい。大きな声で呼びかけながら、地面を覆っている枯れ枝や枯れ葉を踏みしめていく。

獣は苦もなく前に進めるだろうが、道なき道を歩くのは大変だ。それに、無闇に足を進めたら、迷子になってしまうだろう。

「月光――」

上を目指すほどに木々が増えていき、あたりが暗くなってくる。

これ以上、進むのが怖くなり、颯壱はとぼとぼと引き返していく。

「月光……」

彼の姿が銀孤に変わったのは、耳を引っ張ったあとだ。あまりにも強く引っ張ったせいで、銀孤になってしまったのかもしれない。

「でも、どうして……」

銀孤になってしまった彼が逃げ出したのは、いつもの姿に戻れなかったからではないだろうか。

銀孤が月光の本来あるべき姿のはずだ。大元の姿から人に化けるのが大変なのか、もしくは、もう戻れないのか、どちらかのような気がする。

「どうしよう……」

仮に二度と人に化けられないのだとしたら、もう会うことができなくなる。

言いようのない寂しさに囚われて肩を落とした颯壱は、再び月光が姿を見せてくれることだけを祈りながら山を下りていった。

第六章

銀孤に姿を変えた月光《げっこう》がいなくなってから、早くも一週間が過ぎようとしていた。

朝晩、欠かさず祠に供えていてる酒は、これまでどおりなくなっている。それは月光がどこかにいる証しのはずなのだが、あれきり姿を見せていない。

日が経つほどに、人に化けることができなくなってしまったのだという思いと、二度と会えない寂しさが同時に強まっていた。

「たいした用事じゃないからさぁ、ほんとは電話でもよかったんだけど、なんか急に月光さんに会いたくなって来ちゃったんだよねぇ。それなのに、月光さんが東京に戻ってるなんて、まったくついてないよ」

鞄を提げて廊下を歩く伊達《だて》が、さも残念そうに肩をすくめる。

颯壱《そういち》が不安と寂しさで心が乱れていて、原稿どころではないことなど知る由もない伊達が、昨日の朝になってメールを寄こし、その日の夕方に訪ねてきたのだ。

「メールにそう書いてくれたらよかったんですよ。そうしたら、今はいないって返事したんですから」

いつも突然すぎるのだと、暗に伊達を窘める。

彼が訪ねてきてくれるのは嬉しいし、ひとり暮らしをしていたころは、一泊で帰らずに二泊三泊してほしいと思うときもあった。

それなのに、今日は彼が思いのほか早い時間に帰ってくれることに安堵している。

人に化けられなくなった月光が、銀孤の姿でここに現れる可能性に、颯壱はわずかな期待を寄せているのだ。

どんな姿であってもかまわないから、もう一度、月光に会いたい。言葉を交わせなくてもかまわないから、帰ってきてほしい。ずっと、そればかりを願っている
ただ、月光が戻ってきたときに伊達がいたりしたら、また姿を消してしまうような気がして、申し訳ない気持ちはあるけれど、今回は早く帰ってほしくてしかたなかった。

「今度は確認してから来るよ」

「そうしてくださいね」

「じゃ、またね」

靴を履いてこちらに向き直ってきた伊達が、笑顔で片手を上げた。

「わざわざ、ありがとうございました」

颯壱が深く頭を下げると、引き戸を開けて外に出た彼が後ろ手に閉める。

最初のころは一緒に彼が乗ってきたレンタカーまで行き、姿が見えなくなるまで見送っていた。

けれど、あるとき彼から見送らなくていいと言われ、玄関で挨拶をして終わりにするようになっていた。

廊下の端に立ったまま車が走り去って行く音に耳を澄ませていた颯壱は、玄関に降りて引き戸を開け放つ。

月光がいなくなってからは、昼夜を問わず引き戸を開けたままにしているのだ。

伊達が来ているあいだは、それができなかったから、早く開けたくてしかたなかった。

「これで大丈夫」

自らに言い聞かせながら廊下に戻り、台所に向かう。

先日、月光が姿を消したとき、どうやって家から出たのかわからない。前脚で引き戸を開けたのか、妖術で通り抜けたのか、なにしろ引き戸も窓も閉まっていたから判断が付かないでいる。

それでも、引き戸を開け放したのは、そうしておけば月光も家に入って来やすいように思えているからだった。

「いまごろなにしてるのかなぁ……」

ひとりつぶやきながら台所に入った颯壱は、伊達との朝食に使った二人分の食器を片づけ始める。

「はぁ……」

この一週間、颯壱がもらした深いため息の数は計り知れない。

浮かんでくるのは後悔の念ばかりだ。月光がいなくなって初めて、どれだけ自分が彼を必要としていたかに気づいた。

いまだに、この思いが恋なのかどうかはわからない。けれど、月光はなくてはならない存在であり、彼のいない生活などもう考えられないのだ。

この思いが恋だというのなら、それでかまわない。妖狐であっても、同性であっても、気にしない。ずっと自分のそばにいてくれるなら、身体を繋げることも厭《いと》わない。

このまま月光に会えなかったら、寂しさに耐えられなくなって、きっとおかしくなってしまう。

「月光……どこにいるんだよ……」

汚れた食器を流し台に下ろし、スポンジと洗剤に手を伸ばす。

「颯壱ーっ、いるのかー?」

玄関から聞こえてきた賢太《けんた》の大声に、簡単に手を洗った颯壱は、流し台の取っ手に引っかけていたタオルで手を拭きながら台所を出て行く。

前回、賢太が訪ねてきたのは一週間前のことだ。あまり間が空いていないけれど、どうしたのだろうかと思いつつ廊下を足早に進む。

「これ、月光さんに持ってきた」

颯壱の姿を目にした賢太が、さっそく片手に提げていた白いビニール袋を高く掲げて見せてきた。

「ああ、ありがとう……」

卵だろうと察しがついて礼を言ったけれど、月光がいないとわかったら賢太も残念がるだろうと思うと気が重い。

「卵が好きだって言ってたから、少し多めに入れてきたよ」

そう言いながらビニール袋を廊下に下ろした彼が、家の奥へと目を凝らす。

「月光さんは?」

「いま、ちょっと留守にしてるんだ」

「そっか……それより、村に狼《おおかみ》が現れたらしいぞ」

「えっ？」

嘘をついた気まずさに、廊下に両の膝をついて意味もなくタオルでゴシゴシ手を拭いていた颯壱は、あまりにも唐突な賢太の知らせに思わず眉根を寄せる。

「今朝、畑を荒らしているところを何人も見たらしくてさ……」

賢太が廊下の端にどっかりと腰を下ろし、被っているキャップを指先で押し上げてカリカリと頭を掻く。

「本当に狼なの？　日本に狼がいるなんて聞いたことないよ」

いくら田舎の山奥であろうと、狼が生息しているとは思えず、訝しげに賢太を見返す。

「僕も狐と見間違えたんじゃないのかなって思ったんだけどさ、体長が一メートル以上あるらしいんだよ。このあたりにいる狐って、そんなに大きくないだろう？」

「それにしたって……」

颯壱の胸騒ぎが大きくなっていく。

目撃された狼が、銀孤に姿を変えた月光のように思えてならないのだ。

「それに、狐にしては色が黒かったって言ってたな」

「黒……」

にわかにそわそわしてきた。

銀色の毛並みは、光の当たり具合によっては黒く見えることもあるだろう。この村で暮らし始めてから、狼が現れたという話を聞いたのは初めてだ。それが今朝になっていきなり姿を目撃された。それも、大きくて黒っぽい身体をしているという。

（月光だ……きっとそうだ……）

いまだに彼は人に化けることができないでいるのだ。

外をうろついているのは、向こうの世界に戻ることができないからかもしれない。咄嗟のこととはいえ、自分が力任せに耳を掴んでしまったせいで、とんでもないことになってしまった。

早く探しに行きたくて気が急いているのに、賢太はなかなか腰を上げようとしない。

「まあ、本当に狼かどうかはわからないけど、熊とか猪《いのしし》が普通に山から下りてくる時代になっちゃったからなぁ……」

「狼が目撃されたのって、どのあたり？」

「村の西側らしくて、探して捕まえるかどうか揉めてるみたいなんだ。ウチとは正反対だけど、いつ移動してくるかわからないだろう？　だから、親父とこれから網の点検をしないといけないいんだ」

ようやく賢太がのそりと腰を上げる。

「よけいな仕事が増えちゃったよ」

「でも、用心しないとね」

タオルを手に立ち上がると、彼が玄関の外へと出て行った。

「颯壱もここの戸締まりをちゃんとしておけよ、開けっぱなしにしておいて入られたらたまらないからな」

注意を促してきた賢太が、引き戸をきちんと閉めて帰って行く。

「西側……」

持っていたタオルを白いビニール袋の脇に放り、そそくさと廊下を降りてスニーカーを履いた颯壱は、下駄箱の上に置いてある籠から車の鍵を掴み取って引き戸を開けた。

軽トラックに乗り込もうとしていた賢太がこちらに気がつき、大きく手を振ってくる。

「気をつけてね」

声をかけつつ手を振り返し、後ろ手に引き戸を閉めて、しばらくその場に佇む。

間もなくして軽トラックが走り去り、颯壱は車庫に停めている軽自動車へと走った。

狼と信じきっている村人たちは、きっと捕獲に動き出すだろう。狩猟用の銃を所持している者もいるから、最悪の場合は撃ち殺されかねなかった。

「狼なんているわけない、絶対に月光だ……」

軽自動車に乗ってエンジンをかけ、西に向けて走らせる。

月光が殺されてしまったら、二度と会うことができない。そんなのは、絶対に嫌だ。

「死なないで……」

見渡すかぎり畑が広がる長閑な村の細い道を、不安に駆られながら走っている最中に、デニムパンツの尻ポケットに入れているスマートフォンが鳴り出した。

「誰だよ……」

こんなときにかぎってと舌打ちをしながら、軽自動車を道の脇に停めてポケットから急いで取り出す。

「伊達さん?」

駅に到着するには、少しばかり早すぎる。

いったいどうしたのだろうかと、不思議に思いながら電話に出た。

「はい、守山《もりやま》です」

『伊達だけど、事故に遭っちゃって足止め喰らってるんだ』

「事故?」

『駅に向かって走ってる途中で、畑から飛び出してきたデッカい狐と衝突しちゃったんだよ。で、近くにいた村の人に駐在さんを呼んでもらったんだけど……』

伊達の説明を聞いたとたん、颯壱は胸騒ぎを覚えた。

狐は滅多に山から下りてこない。それなのに、月光が姿を消してから間もなく、狐が村に現れた。伊達の車に衝突した狐が月光かもしれないと思うと、居ても立ってもいられなくなる。

「だ……伊達さん、今どこにいるんですか？」

『えーっと、駅まであと十分くらいのところかな……細い川が流れてて、信号のない交差点のところ』

「わかりました、すぐに行きます」

颯壱はそう返事をするなり一方的に電話を切り、すぐさまアクセルを踏んで駅に向かう道へと進路を変える。

伊達と衝突した狐が月光である可能性を否定できない。大きい狐など、そうそういないはずなのだ。

「あっ……毛の色を聞けばよかった……それに、どんな様子なのかも……」

狐と衝突したと聞いたとたんに月光が脳裏を過り、焦るあまり確認し忘れてしまったことが悔やまれる。

赤茶色の狐であったなら、それだけで月光ではないと確信できたのに、肝心なことを聞き忘れたことで焦りが募っていく。

ハンドルを握っている手が一気に汗ばんできた。月光でないことを願いたいのに、よくない考えばかりが頭に浮かんでくる。

「あっ……」

一心に軽自動車を走らせていた颯壱は、前方に人だかりを見つけてドキッとした。

かなりの村人が集まっている。制服姿の警官がひとり交じっていて、後方に伊達の姿も見えた。

「あそこだ」

手前で軽自動車を停めてエンジンを切り、一目散に駆けていく。

なにかを囲うように立っている村人たちは、いちように足元へ目を向けている。

彼らが見ているのは狐に違いない。遠くからでは狐の姿が確認できず、生きているのかどうかすらわからなかった。

「嘘っ……」

ひとりの村人がその場を離れ、道路に横たわっている狐が目に飛び込んでくる。その躯《からだ》は、なんと濃い灰色をしていた。

足が竦《すく》んで動かなくなり、一気に噴き出してきた冷たい汗がこめかみを滴り落ちていく。

「そんなわけない……月光なわけが……」

必死に否定するけれど、横たわってピクリともしない狐が月光にしか見えない。

確かめたほうがいいと思うのに、すでに息がないかもしれないと思うと、怖くて近寄ることができなかった。

「この狐を狼と間違えたんだろう？　やっぱり狼なんかいるはずないんだよ」

「それにしても大きな狐だなぁ……遠くから見たら狼と勘違いしてもしかたなさそうだ」

「あっ、動いたぞ」

「ほんとだ、生きてる……怪我もしてないみたいだ」

「おい、危ないぞ、みんな離れろ」

突然、声をあげ始めた村人たちが、四方八方に散っていく。

呆然としていた颯壱は、むくりとその場に起き上がった狐が、ブルブルッと身震いするのを目にして息を呑む。

長い尻尾を持った大きな灰色の狐が、村人たちには目もくれることなくこちらに向かってくる。

その足取りはよろよろとしていて、ときおり立ち止まってはハァハァと苦しそうに息を吐く。

「月光……」

今にも息絶えてしまいそうな狐が見ていられず、颯壱は勢いよく駆け出した。

「月光――っ」

「逃げろ――っ」

颯壱の声が村人たちの叫び声に掻き消される。

狐が最後の力を振り絞るかのように、颯壱に向かって走り出したのだ。

牙を剥《む》いた狐が、真っ直ぐに向かってくる。距離がどんどん縮まり、そこで初めて毛並みが銀色ではないことに気づく。

あの狐は月光ではない。胸を撫で下ろした颯壱は、間近に迫ってくる狐から逃げなければと背を向けた。

「うわ――っ」

背後から狐に飛びかかられ、大きな衝撃に倒れ込む。

「グゥ……ウウゥ……」

耳のすぐ近くで聞こえる唸《うな》り声に、咄嗟に身体を丸めて頭を抱え込んだ。

負《お》ぶさってきている狐の爪が、シャツ越しに食い込んでくる。

噛み殺されてしまうかもしれない恐怖に、小さく丸めている身体が激しく震え出す。

「行け！　これは私のものだ」

聞き覚えのある声がふと聞こえてくると同時に、背中に感じていた重みが消える。

「おとなしく山に戻れ」

「クゥ……」

抗いを許さない厳しい声に続いて聞こえてきた弱々しい鳴き声に、恐る恐る振り返って見ると、尻尾を下げた狐が後じさりしていた。

そのまま数メートル下がったかと思うと、側溝を飛び越えて畑の中に入った狐が、一目散に走り去って行く。

「もう大丈夫だ」

優しく肩を叩かれ、ハッと我に返った颯壱は勢いよく顔を上げる。

「月光……」

完全な人の姿をした月光が、心配そうな顔でこちらを見下ろしていた。

どうやら、襲いかかってきた狐を彼が追い払ってくれたらしい。

「怪我はないか？」

「どこに行ってたんだよ？　心配で探し回ったんだから……」

再び会えた嬉しさに、無我夢中で月光に抱きつく。

「私のことを心配してくれたのか？」

「あたりまえだろ！　なんで急に姿を消したりするんだよ？　もう会えないかと思って僕は……」

溢れてきた涙が止まらない。月光の胸に顔を埋めて、ただただ涙を流す。

「すまなかった」

彼が優しく背を撫でてくれる。

シャツ越しに伝わってくる温もりに安堵を覚え、新たな嬉し涙が溢れてきた。

「守山君ーっ、大丈夫かーい？」

伊達の大きな声に、慌てて月光から飛び退く。

「怪我は？　なんともない？」

駆け寄ってきた伊達に顔を覗き込まれ、颯壱は慌てて涙に濡れた目や頬をシャツの袖で拭う。

「大丈夫です」

元気な声で答えると、伊達が安心したように笑った。

「あの狐、怪我をして動けないんだと思ってたから、いきなり君に飛びかかっていったときにはビックリしたよ。どうやら、気絶してただけみたいだ」

「気絶しただけでよかったじゃないですか、動物を轢《ひ》いて怪我をさせたら後味が悪いですから」

「そうだね」

伊達と顔を見合わせ、互いによかったとうなずき合う。

「あっ、血が滲んでるよ」

「えっ？」

「そこ、狐に引っかかれたんじゃないの？」

伊達に肩を指さされ、首を捻って目を向けてみると、確かにうっすらとシャツに血が滲んでいた。

痛みを感じているけれど、さほどひどくない。よけいな心配をさせたくない思いがある颯壱は笑ってみせる。

「これくらい、なんともありませんよ」

「そう？　ならいいけど」

半信半疑の顔をしている伊達の脇から、月光が颯壱の肩に手を置いてきた。その手がやけに熱く感じられる。

「野生の動物が里に下りてきても、ろくなことはない」

「月光さん、いつ戻ったんですか？」

ようやく月光に気づいたのか、伊達が驚きに目を瞠る。

「ちょっと前に」

「すいませーん！　こちらに来ていただけますかー」

月光の声に被さるように警官の声が響き、伊達が振り返った。

「はーい、すぐ行きまーす」

大声で返した伊達が、こちらに向き直ってくる。

「ごめん、行かないと。狐も逃げちゃったし、問題なく帰れると思うから、また連絡するよ」

笑顔で片手を振った伊達が、背を向けて戻って行く。

彼はレンタカーの脇で警官と立ち話を始めたが、それもほんのわずかのことで、すぐ車に乗って走り去ってしまった。

集まってきていた村人たちも警官と一緒に帰っていき、颯壱は月光と二人きりになる。

「傷はもう治っているから心配するな」

「えっ？」

先ほどまで彼が手を置いていた肩に意識を向けて見ると、すっかり痛みが消えていた。

（月光の手がやけに熱かったのは……）

きっと、妖術で治してくれたのだ。姿を変えたり、物を出したりできるのだから、傷くらい治すのは容易いのかもしれない。

「ありがとう」

「さて、私たちも帰るか」

腰に手を添えてきた月光に促され、二人並んで軽自動車に向かう。

先に運転席に乗り込んだ颯壱は、彼が助手席に座ったところでエンジンをかけようとしたが、ふと手を止めた。

「僕が耳を掴んだから狐の姿になっちゃったんだよね？」

シートに座ったまま身体の向きを変え、月光を真っ直ぐに見つめる。

「そうだ。少し引っ張られたくらいであれば、力が抜ける程度ですむのだが、力任せに掴まれたことで狐になってしまった」

「でも、どうしてすぐ元の姿に戻らなかったの？　ずっと姿を消してたのはどうして？」

耳に触れるときには加減が必要なことは理解したけれど、急にいなくなってしまった理由はいまだ謎だ。

また同じような事態に陥ったときに慌てないですむよう、きちんとした説明を聞いておきたかった。

「妖狐である私の本来の姿は、初めておまえと会ったときの姿なのだ。妖狐として生まれ変わってからは、一度も狐の姿になったことがない。だから、慌てたのだ」

「えっ？　狐になったり人になったりできるわけじゃないの？」

「いや、妖術を使えば狐になることはできる。だが、今回のように勝手に狐になったのは初めてのことで、私もどうすれば妖狐の姿に戻れるのかわからなかったのだ」

月光は苦々しく笑ったけれど、耳がとてつもなく危険な部位だと知った颯壱は、加減するどころの話ではなく、触れてはいけない場所のような気がしてきた。

「それで、どうやって戻ったの？」

素朴な疑問を投げかける、マジマジと彼を見つめる。

戻ってくるまでに一週間かかったのは、それだけの時間を要したということだろう。さぞかし大変な目に遭ったのだろうと思うと、申し訳なさが募ってくる。

「裏山で念じ続けた」

「一週間も？」

「他にどうすることもできないからな」

思いのほか彼はあっさりと答えを返してきた。

それでも、念が通じなければ、妖狐には戻れないのだから、必死だったに違いない。

「おまえにもう一度、会いたい。その思いだけだった」

「月光……」

彼の言葉が胸に熱く響き、颯壱は思わず身を乗り出して抱きついた。

「よかった……二度と月光に会えなかったらどうしようって、ずっとそればっかり考えてた……」

自分と同じように会いたいと願ってくれたから、こうして再び顔を見合わせ、言葉を交わすことができる。

「私にそばにいてほしいのか？」

「もう、急にいなくなったりしないで……」

両手でギュッと彼にしがみつく。

もう二度と寂しい思いも怖い思いもしたくない。ときに言い合いながらも、楽しく二人で過ごしたい。月光がいない暮らしなど、考えたくもなかった。

「ならば、次からはおとなしく私に抱かれるな？」

髪を撫でてくれている彼の言葉に、颯壱は静かに顔を上げる。

「私は死を迎えるおまえをこの目で見たくない。不死の身となり、私と永遠の時を過ごしてくれ」

口調は強かったけれど、向けてくる濃灰色の瞳は柔らかだ。

彼が姿を消してしまう前であれば、おおいに迷ったことだろう。けれど、今はもう迷いもしなかった。

「ずっと一緒にいたい……ずっと僕のそばにいて……」

素直な気持ちを言葉にし、再び月光の胸に顔を埋める。

「いい子だ」

耳をかすめていった穏やかな声に、かつてないほどの喜びと安心感に包まれていく。

月光は不死身だとわかっているのに、それすら忘れて彼の死を恐れた。そこまで動転してしまうほど、彼は失い難い存在になっているのだ。

「さあ、帰ろう」

そっと腕を緩めた彼から離れ、黙ってうなずき返してエンジンをかける。

月光は帰ってきた。もうなにも恐れることはない。あの楽しい日々が再び始まるのだ。

家に向けて車を走らせる颯壱は、久しぶりに晴れやかな笑みを浮かべていた。

＊＊＊＊＊

「ちょっと……」

家に帰ってくるなり客間に連れ込まれ、畳に押し倒された颯壱は、腰を跨いできた月光を困惑気味に見上げる。

早くも彼は妖狐の姿に戻っていた。完璧な人間の姿でいるにはより大きな妖力を必要とするせいか、他人の目がないとすぐに姿を変えてしまうのだ。

「覚悟は決まったのだろう？」

尖った耳をことさらピンと立て、太くて長い尻尾をゆさゆさと揺らし、銀色の瞳を輝かせて見下ろしてきた。

もちろん、覚悟は決まっている。覆すつもりは毛頭ない。それでも、夜になるまで待てばいいのにといった思いもあり、即座に返事ができないでいた。

「颯壱？」

月光に焦《じ》れたような声をもらされ、苦々しく笑ってしまう。

「せめて布団を敷くとかできないわけ？」

「布団か」

月光がそう言うなり、客間の空いたスペースを一瞥《いちべつ》する。

面倒くさいのかなと思いつつ彼の視線を追ってみると、そこには艶やかな朱色の大きな布団が敷かれていた。

「えっ？」

「布団は敷いたぞ」

にんまりと笑った彼に、いきなり片腕で背を抱き起こされ、次の瞬間には敷き布団の上に先ほど同じ体勢でいた。

「月光……」

妖術を使って布団を出したばかりか、瞬間移動した月光を呆れ気味に見つめる。

「まだ他に言いたいことがあるか？」

彼はこちらに訊ねてきながら、答えを待つことなく衣裳を脱ぎ始めた。

それだけ気持ちが急いているのだろう。そう思うと、なにも言えなくなり、小さく首を横に振ってそっと目を閉じた。

静かな客間に衣擦れの音が響いている。一枚、また一枚と重ねている衣裳を脱いでいく彼の姿が、目を瞑っていても鮮明に思い描くことができた。

「あっ……」

シャツに彼の手が触れるのを感じ、パッと目を開く。

一糸纏わぬ姿となった月光が、わずかに身を屈めてシャツのボタンを外している。

「面倒だ」

短く言って唇の端を引き上げた彼が、シャツを両手で掴んで強引に前を開いた。

音を立ててボタンが弾け飛び、裸の胸が露わになる。羞恥を覚える間もなくデニムパンツと下着を一緒に脱がされ、生まれたままの姿にされた。それでも、逃げることなく仰向けになったまま彼を見つめる。

「本当に覚悟が決まっているようだな」

「あたりまえだろ」

この期に及んでまで抗うつもりがない颯壱がすぐさま言い返すと、嬉しそうに笑った月光が静かに身体を重ねてきた。

「うん……」

彼の重みに小さな声をもらしたけれど、直に触れ合う肌が心地よく感じられ、躊躇うことなく広い背に両手を回す。

すでに熱を帯びている彼自身がまだ柔らかな己に重なっていて、脈動が生々しく伝わってくる。

けれど、月光は誰よりも大切な存在だから、互いのものが触れ合っていても、気持ち悪いとか嫌だとかは、これっぽっちも思わなかった。

「颯壱……」

ひとしきり見つめてきた月光が、唇を重ねてくる。

「んっ」

自ら頭を浮かせて唇を受け止め、絹のように滑らかな銀色の髪を指先に絡めながら、無心でくちづけ合う。

ときおり腕に触れてくる尻尾がこそばゆいけれど気持ちがいい。なんだか夢見心地の気分だ。

「っ……ん……」

心が決まっているせいか、自然と積極的になってしまう。音が立つほどに互いの唇を啄《ついば》み、舌を絡め合う。

次第に溢れてきた唾液が唇の端から零れ、あごを伝って首筋に落ちていく。火照り始めた肌には、その感触すら心地よく感じられた。

「ふ……んんっ」

搦め捕られた舌をきつく吸い上げられ、喉が大きく反り返る。

鳩尾《みぞおち》の奥深いところが鈍く疼き、身体の熱がどんどん高まっていく。

「んふ……っ……」

くちづけを繰り返しながら身体を脇にずらした月光が、内腿にスルリと片手を滑り込ませてきた。

「んっ」

柔らかな肌を掌で撫でられ、背中がゾクゾクとしてくる。そこかしこが、甘く痺れた。

腿のつけ根まで這い上がってきた手が、颯壱自身をやんわりと包み込んでくる。

甘酸っぱい痺れが下腹に駆け抜けていき、思わず顔を背けて唇から逃れた。

「あっ……あぁ……」

やわやわと己を揉みしだかれ、甘声をあげながら月光にしがみつく。

「ぁ……んんっ……ん……」

鈴口、くびれ、裏筋を丹念になぞられ、あまりの気持ちよさに我を忘れていく。

「すっかり勃ち上がったな」

楽しげな声に目を上げてみると、股間を凝視している月光が舌なめずりをする獣のようにペロリと唇を舐めた。

（あの口で……）

初めての口淫が脳裏を過り、濡れている彼の唇に目が釘付けになる。

愛撫されている己が、あのときの感覚を覚えているのか、熱く疼き出した。

「月光……」

股間を見つめてくるばかりでなにもしてこない彼に焦れてしまい、颯壱は淫らにも腰を揺らしてしまう。

「颯壱はおねだり上手だな」

満面に笑みを浮かべた彼が、ゆっくりと股間に顔を埋めてくる。

硬く張り詰めた己の先端をペロリと舐められ、腰が大きく跳ね上がった。

「ひっ……」

先端部分を咥えてきた彼が、音を立てながら何度も吸い上げてくる。

「は……ぁ……あぁっ」

下腹全体が心地いい快感に支配されていく。

始まって間もないというのに、もう蕩けそうなほど身体が熱くなっていた。

銀の髪に指を絡め、とめどなく湧き上がってくる快感に妖しく腰をくねらせる。

「はぅ」

月光がゆるゆると唇を根元に向けて滑らせてきた。

間もなくして熱い塊がすべて呑み込まれ、言葉にし難い心地よさに脱力していく。

「やっ……んんんっ……ぁあ……」

きつく窄めた唇で緩やかに己を扱かれ、次第に馴染みある感覚が湧き上がってきた。

それは瞬く間に堪えようもない射精感に取って変わり、達することしか考えられなくなった颯壱は、頂点を目指して腰を揺らめかせる。

「月光……」

彼が与えてくれる快感に身を震わせながら、長い銀の髪に絡めた両の手で頭を己の股間に押しつけた。

あと少しですべてを解き放てる。そう思ったのに、溢れる唾液に濡れた秘孔にいきなり指を挿入され、意識が散漫になってしまう。

達し損ねた颯壱は嫌がるように頭を左右に振ったけれど、月光はかまわず長い指を奥へと進めてきた。

「んっ……く」

達したいのに達せないで喘《あえ》いでる己を唇で扱かれ、さらには秘孔を貫いた指を出し入れされ、どこでどう感じているのかわからなくなってくる。

「あっ……そこ……やっ……」

快感の源を指先で押し上げられ、下腹の奥で小さな爆発が起きた。

苦しいけれど、気持ちよくてしかたがない。何度もそこを刺激され、あられもない声をあげる。

「はあぁ……あっ……んっ……あ」

前と後ろで快感が弾け続け、どうにかなってしまいそうな気分だ。

「やっ、もっ……出ちゃ……う」

一気に強まってきた我慢し難い射精感に、意識を己に集めてしなやかに背を反らす。

「あっ……ん」

唇で灼熱の塊と化した己を扱かれ、同時に快感の源を力任せに押し上げられ、下腹の奥でうねる荒波に身体ごとを持って行かれた。

「ああぁ――――っ」

月光の頭を股間に押しつけ、さらには自ら腰を押しつけ、すべてを解き放つ。

食らいつく勢いで己を咥えている彼に、唇できつく扱き上げられ、一緒に指をズルリと抜き出され、たまらずに身震いした。

「はぁ、はぁ……」

呆気なく果ててしまった颯壱は、脱力した手足を投げ出し、放心したように気怠《けだる》い開放感に浸る。

けれど、そうしていられたのは、ほんのつかの間でしかなかった。両足を担ぎ上げた月光が、一気に貫いてきたのだ。

「はぅ」

指とは比べものにならないほど逞しい彼自身が、柔襞《やわひだ》をめいっぱい押し広げてくる。

ぴりぴりとした痛みがそこから広がり、吐精の余韻など吹き飛んでしまう。

「やっ、あああぁ……あぁっ……」

脇に両手をついた彼が、身体を倒してくる。

より奥深いところを突き上げられ、全身から汗が噴き出す。痛くてたまらないのに、なぜか悦びを感じていた。

「月光……」

両手で彼を抱きしめ、広い胸に顔を埋める。

身体の内側に感じる彼の熱と脈動に、深く繋がり合っているのだと実感した。

「辛いか？」

心配そうな声に、顔を埋めたまま首を横に振ると、彼がにわかに腰を使い出す。

繰り返し最奥を突き上げられ、強烈な快感に全身が襲われる。ゆさゆさと揺れる尻尾に腕を撫でられ、快感が増幅していく。

「颯壱……」

熱っぽい声をもらした彼が、いきなり抽挿《ちゅうそう》を速めてきた。

激しい動きに、颯壱の小さな身体が上下する。打ち震える身体は汗にまみれ、仄赤《ほのあか》く色づいていた。

「やっ……ああっ……ぁ……もっ……」

快感の源を硬く張り詰めた先端で擦られ、淫らな声を響かせながら身悶える。

達して萎えたはずの己が熱を帯び始め、徐々に頭をもたげてきた。

「颯壱……おまえの中は温かで気持ちいい」

感じ入った声をもらし、繰り返し腰を前後させていた月光が、ふと動きを止める。

「はぁ、はぁ……」

荒々しい息遣いが聞こえてくるばかりで、彼は動きを再開させない。

急にどうしてしまったのだろうか。同じように息を乱していた颯壱は不安を覚えて顔を起こす。

「もう限界だ……本当にいいのだな？」

あろうことか月光は、吐精を前にして念を押してきた。

こちらは覚悟を決めているのに、最後の最後に気遣ってくる彼にちょっと呆れる。けれど、それが愛情が深いゆえだとわかっているから、嬉しさが込み上げてきた。

「僕は月光とずっと一緒にいたいんだ、だから永遠の時を与えて」

迷いのない瞳を向けて答えると、破顔した彼が再び腰を使い始める。と同時に、力を漲らせてきた颯壱自身を片手に収めてきた。

「ぁ……う……」

蜜が溢れる鈴口を指の腹で抉《えぐ》られ、最奥を突き上げられ、あごを反らして下腹を波打たせる。

互いの思いが同じになって身体を重ねるのが、こんなにも気持ちがいいものだとは知らなかった。生まれて初めて感じる真の悦びに、颯壱は身も心も委ねていく。

「あぁ……月光……僕、また……」

早くも二度目の射精感に襲われ始め、どうにも我慢できなくなってくる。

「私とともに……」

息も荒く言った月光が腰の動きをよりいっそう速め、颯壱自身を手早く扱き出す。

瞬く間に押し寄せてきた抗い難い快感の大波に、抗うことなく呑み込まれていく。

「んっ」

「く……ぁ」

達した颯壱を追いかけるように息んだ月光が、腰が反り返るほどに奥深くを突き上げてきた。

「っく……」

ぴたりと動きを止めた彼から放たれた熱い迸りを、己の内側にはっきりと感じている。

これで、掛け替えのない月光と永遠の時を過ごすことができるのだと思うと、悦びもひとしおだった。

「はぁ」

深く息を吐き出した彼が担いでいる颯壱の足をそっと脇に下ろし、汗に濡れた身体を重ねてきた。

尖った耳が頬を撫でてくる。こそばゆさに顔を逸らしながら、無意識に耳に触れた颯壱は、ハッとして手を下ろす。

すると、今度は長い尻尾に腕を撫でられた。尻尾は生殖器と同じだと言われたけれど、達したばかりなのだから大丈夫だろうと、たっぷりとした毛の手触りを楽しむ。

つけ根まで撫で下ろした手で軽く尻尾を掴み、やわやわと揉むようにして先端に滑らせていった。

「そこに触れたらどうなるか、もうわかっているのではないのか?」

「だって……」

言い返そうとしたけれど、秘孔を貫いている彼自身がグッと力を張らせ、言葉が続かなくなる。

どうしてこんなに早く回復するのだろうと不思議がった瞬間、自分が間を置かず二度も達したことを思い出し、尻尾を刺激したことを後悔した。

「煽った責任は取ってもらうぞ」

意味ありげに笑った彼が、腰をグイッと押しつけてくる。

「あぅ……」

快感の源を硬く張り詰めたままの先端で押し上げられ、颯壱は大きく仰《の》け反った。

「そんなの無理……」

両手で広い肩を押し返そうとするけれど、彼はビクともしない。

「無理かどうかは試せばわかる」

聞く耳を持たない月光が、緩やかに腰を使い始めた。

立て続けに二回も昇り詰めた身体は、とてもつきあえそうにない。なにより、初めて悦びを分かち合った余韻に浸りたい。

それなのに、彼は抽挿を繰り返してくるだけでなく、困惑をものともせずに唇を塞いできた。

「んっ……」

息苦しいほど深く唇を重ねられ、すぐさま搦め捕られた舌を吸われ、甘いくちづけに我を忘れて溺れていく。

本当はただ抱き合っていたかったけれど、もう彼を止めることなどできそうにない。

月光の身勝手なところすら、すでに愛しく感じられるようになっている颯壱は、今回だけは好きにさせてあげようと思いながら、くちづけに応えていた。

第七章

仰向けになっている颯壱《そういち》は、惜しげもなく裸体を晒して深い眠りを貪っている。隣で肘枕をついている月光《げっこう》も同じく裸だが、もうずいぶん長いあいだ無邪気な寝顔を見つめていた。

「うーん……」

小さな声をもらした颯壱が、こちら向きに寝返りを打ってくる。

胸に顔を埋めてきた彼をやんわりと抱きしめ、柔らかな髪に唇を押し当てた。

愛おしくてたまらない颯壱をようやく手に入れることができ、胸は喜びに満ちている。

村の守り神となってから、果てしなく長い時を過ごしてきた。見守ってきた村人の数は計り知れないほどだが、こんなにも強く心を惹かれたのは颯壱ただひとりだった。

最初は都会からやってきた子供に興味を持ったにすぎない。けれど、間もなくして、泣いてばかりの彼が気になり始めた。

聞き飽きるほど子供の泣き声は聞いてきたけれど、あれほど寂しさが胸に響いてくる泣き声を耳にするのは初めてだったのだ。

それからというのも、神殿の祭壇に祀ってある銅鏡に、常に颯壱の姿を映すようになった。

銅鏡に映る彼を眺めながら、声に耳を傾け、立派な大人になりたいという彼の願いが叶うよう、日ごと夜ごと彼を見守ってきた。

当初は祖父母の前でも颯壱は寂しがって泣いていたのに、しばらくするとひとりになったときにだけ涙を流すようになった。

幼心に祖父母に心配をかけまいとする颯壱があまりにも健気で、愛おしさを覚えるほどになった。

そうした日々の中、ふと裏山で遊んでいる颯壱の姿に気づき、間近で見てみたい思いに駆られてこちらの世界にやってきたことがあった。

「寒いか……」

思いを馳《は》せていた月光は、寝息を立てながらしがみついてきた颯壱に気づき、上掛けを肩まで引き上げてやる。

「あのとき、驚きに目を丸くしたおまえをいまでも鮮明に思い出せる」

寝ている颯壱の頭をそっと抱き込み、再び彼の日に思いを馳せる。

大きく育ったクヌギの根元にしゃがみ込み、無心にどんぐりを拾い集めている颯壱を、気配を消して眺めていた。

それなのに、颯壱はなぜかこちらに気づいた。目を瞠り、口をポカンと開けてジッと見つめてきたのだ。

拾い集めたどんぐりが手から零れ落ちていくのにも気づかないまま、呆然とこちらを見ている彼のあどけない表情に目が釘付けになった。

彼は異形の自分を少しも恐れていない。それが、とても嬉しく思えたのを覚えている。

「あのときのおまえは、本当に可愛かった……そのまま神殿に連れ帰ろうかと思ったくらいだ」

気持ちよさげに頬を裸の胸にすり寄せてくる颯壱に、いまさらながらに愛しさが込み上げ、月光はきつく抱きしめる。

「んっ……」

腕の中で身じろいだ彼が、のそりと顔を起こしてきた。

「目が覚めたか?」

「月光……」

静かに問いかけた月光を、颯壱が驚きの顔で見返してくる。

ぐっすりと眠っていたから、記憶が曖昧なのだろうか。きょとんとしている彼は、状況が把握できていないようでもある。

「あっ……あの……」

「ともに幾度となく果てたことを覚えていないか？」

柔らかに笑ってみせると、颯壱の顔が見る間に赤く染まっていった。どうやら思い出したようだ。

「颯壱……」

恥じらいに頬を染めた彼を組み敷き、月光は微笑んだまま唇を重ねる。

「んっ……」

抗うことなく唇を受け止めた彼が、躊躇いがちに両手を背に回してきた。

心変わりはしていないらしい。素直な反応が嬉しく、ことさら深く唇を重ねていく。

「っ……ふ」

くちづけに応えながら颯壱がもらす、鼻にかかった甘声が耳に心地よく響いた。

勝手に揺れ動く長い尻尾に触れてきた彼が、スーッと撫で上げたところでぴたりと手を止める。

尻尾を刺激するとどうなるかを、疲れ果てて眠りに落ちるまで抱かれたことで彼は思い知ったに違いない。

「はふっ……」

目覚めてすぐのくちづけに息が切れたのか、颯壱が顔を背けて唇から逃れた。

なだらかな胸が大きく弾んでいる。桜色の唇から零れる吐息が熱い。ついそそられて再びくちづけようとすると、彼が片手を月光の唇に押し当ててきた。

「ねえ、僕、本当に不死の身体になったの？」

颯壱が大きく瞳を瞬かせて見上げてくる。

瞳に不安の色は宿っていない。身体に大きな変化がないから、確信が持てないでいるのだろう。

「確かめる方法はあるにはあるが、あまり勧められない」

真っ直ぐに颯壱を見つめ、月光は小さく首を横に振って見せた。

手っ取り早いのは、自ら命を絶ってみることだ。そうすれば、死に至ることができない身体になっていることがわかる。

「べつに確かめなくてもいいんだ……」

言わずとも理解したのか、彼が苦笑いを浮かべた。

「でもさぁ、不死身だと歳も取らないんでしょう？　ずっとこのままだと変じゃない？」

むくりと起き上がって己の身体に目を向けた颯壱が、慌てたように上掛けを引っ張り、露わな股間を覆い隠す。

すべてをさらけ出しておきながら、彼は恥じらいを失っていない。そんなところが可笑しくもあり、可愛くもあった。

「私としては可愛い姿のままでいてほしいのだが、村で暮らしてくのだからそうもいかないだろう」

敷き布団に片手をついて身体を起こし、片膝を立てて座る。

こちらの股間をチラッと見てきた颯壱が、さっと視線を逸らす。目のやり場に困っているようだと思い、脱ぎ捨ててある上衣を羽織って前を重ね合わせた。

「もしかして、歳を取ることができるの？」

衣を纏ったことで安堵したのか、そう言いながら颯壱がこちらに向き直ってくる。

興味津々といった顔で見つめてくる彼に、大きくうなずき返す。

「見た目を変えることなど容易い」

「そっか……」

自らの意思で不死の身になったせいか、彼はまったく恐怖を感じていないようだ。そればかりか、楽しんでいるようでもある。

これらから永遠に彼と過ごせるのだ。その嬉しさに、月光は自然と顔が綻ぶ。

「でも……」

彼がふと表情を曇らせ、喜んだのもつかの間、にわかに不安が募ってきた。

「どうした？」

「月光はこのままこっちの世界にいても大丈夫なの？　僕とここで暮らせるの？」

どこか縋るような瞳を向けられ、思わず片腕に彼を抱き寄せる。

「心配するな、私はおまえのそばにいる」

「本当？　ずっと一緒にいられるの？」

おとなしく身を寄せてきた颯壱が、大きな瞳で見上げてきた。

寂しがり屋で泣き虫の彼を、ひとりになどできるわけがない。二度と寂しい思いをさせたくなどないのだ。

「もちろんだ」

「よかった……」

ほっとした顔で肩の力を抜いた彼が、トンと胸に頭を預けてくる。

無意識にしたことだとわかっているから、なお嬉しい。自分は彼に必要とされているのだなと実感する。

「この村でともにのんびり暮らしていこう。そうして歳を重ねて人の寿命に近づいてきたときには、二人であちらの世界に行けばいい」

「向こうの世界に？」

「ああ」

颯壱の柔らかな髪を撫でつつうなずいた月光は、遥かなる先に思いを馳せた。

「あちらに行けば、誰に気兼ねすることなく暮らしていける。おまえの育った村を見守りながら、二人で永遠の時を過ごすのだ」

「ずっと一緒にいられるなんて夢みたいだ……」

ポツリともらした彼が、笑顔で見つめてくる。

ようやく手に入れることができた愛しい颯壱を、しっかりと抱きしめた。躊躇いもなく抱き返してくる彼に、さらなる愛しさが込み上げてくる。

「確か今夜は満月……」

「どうしたの？」

月光のつぶやきが気になったのか、颯壱が上目遣いで見てきた。

「颯壱、今夜、私と一緒にあちらの世界に行ってほしい」

「いいけど、どうして？」

「おまえを花嫁として迎えることを、月神さまに報告しなければならない」

「は……花嫁？」

素っ頓狂な声をあげて身体を離した颯壱が、上掛けを腰に巻き付けたまま、布団の上にちょこんと正座をした。

「僕、男だよ？　なんで花嫁？」

彼はとうてい理解し難いといった顔をしている。

「私たちは身も心も結ばれ、つがいとなった。当然おまえが花嫁だろう？」

「えーっ」

不満げな声をあげた颯壱は、どうあっても納得がいかないらしい。

けれど、月光は引き下がるつもりがない。こちらの世界にやってきたのは、颯壱を花嫁として迎えるためだったからだ。

「おまえが婿で、私が花嫁でもかまわないが？」

同意するわけがないと承知の上で提案してみると、案の定、彼は迷いも露わな顔で見返してきた。

「あの……月神さまって？」

颯壱は決断を下す前に、確かめたいことがあったようだ。

「私の願いを聞き入れ、妖狐として力を授けてくださった方で、満月の夜にしか会うことができない」

「月光より偉い人なんでしょう？　人間を連れて行ったりして怒られないの？」

真摯な瞳を向けてくる彼に、大きくうなずき返す。

「愛するおまえと結ばれ、永遠の時を過ごすことになったのだから、月神さまは祝ってくださる。私の花嫁になってくれるな？」

「月光がそういうなら花嫁になってもいいけど、男の僕を花嫁として紹介するのっておかしくない？　月神さまも変に思いそうだけど……」

「目に見えるあやかしの姿は、元の性を引き継いでいるにすぎない。向こうの世界では性など自在に変えることができるのだ」

「じゃあ、僕も女性になれるってこと？　それなら、僕は月光の子供を産むことができるかもしれないの？」

とんでもなく飛躍した颯壱の考えに、月光は唖然としてしまう。

彼の性を女にすることなど頭になかったから、子供に言及された驚きは大きかった。

「私は今のままの颯壱を愛しているのだが、おまえは子を産みたいのか？」

「えっ？　あっ……えーっと……その……ふと思っただけでべつに……」

真っ赤になった颯壱が、しどろもどろになって項垂れる。

どうやら、思いつきをそのまま口にしただけで、真剣に考えていたわけではないらしい。

けれど、二人の間にはどんな子が生まれてくるのだろうかと、ふと想像してしまう。

「可愛いかもしれないな」

「えっ？」

唐突な言葉すぎたのか、颯壱が首を傾げる。

「私たちの子のことだ」

「えーっ、子供つくるの？」

「おまえが言い出したのではないか」

苦々しい顔で窘めた月光は、いやそうな顔をしている颯壱を片腕に抱き寄せた。

「どちらにしろ、おまえが子など産んだりしたら、村人たちが仰天する」

「それもそうだね」

互いに顔を見合わせ、馬鹿げた会話を笑う。

無邪気な笑顔になぜかそそられた月光は、身体の芯が熱くなってくる。

「もう体力も戻っているのだろう？」

きょとんとしている颯壱の頬を、うずうずし出した長い尻尾で撫でた。

小さく肩を震わせた彼が、迷いも露わに見返してくる。

「あ、あの……月神さまに会いに行くんじゃないの？」

「月が出てからだ。時間はたっぷりある」

言い返す間を与えることなく彼にくちづけ、組み敷いていく。

彼は抗わないいばかりか、両手でしっかりと抱きついてきた。それは同意したも同じであり、身体の熱がますます高まっていく。

差し入れた舌を、自ら搦め捕ってきた颯壱を両の腕できつく抱きしめながら、月光は愛し合える悦びに浸っていた。

＊＊＊＊

暗い空の真ん中に、橙色《だいだい》の満月が輝いている。

深夜になって鬱蒼とした裏山に月光とやってきた颯壱は、神妙な面持ちで祠を前に立っていた。

日を追うごとに夜風が冷たくなっていき、ただでさえひんやりとした空気に包まれている祠の周りが、とても寒く感じられる。

月光はいつもと変わらない煌びやかな衣裳を纏い、長い銀色の髪を夜風にたゆたわせていた。

月の明かりを受けた髪がキラキラと輝いていて、今夜の彼はやけに神々しく見える。

並んで立っている颯壱は白無垢《しろむく》に綿帽子を被った花嫁姿だ。ひと色の混じりもなく、まさに純白の花嫁だった。

「また気絶しちゃうかな?」

不安を覚えて訊ねた颯壱を、月光が目を細めて見返してくる。

「おまえはもう生身の人間ではない。そう簡単に意識を失ったりはしない」

「そっか……」

小さく息を吐き出し、肩の力を抜く。

月光から精を注がれて、自分が本当に不死の身体になったのかどうか、いまだにわからない。

確かめる方法があることもわかっているけれど、試すのが怖いから彼の言葉を信じるこ

とにした。

不死の身体になったからといって、なにが変わったわけでもない。身体も周りの環境もそのままだ。

「その姿、よく似合っているな」

改めて颯壱の白無垢姿を眺めてきた月光が、そっと片手を握ってくる。

「まさか、花嫁衣裳を着せられるとは思わなかったよ」

しっかりと手を握り合いながらも、颯壱は苦笑いを浮かべて彼を見上げた。

これから月神さまに報告しに行くと月光に言われたのは、風呂から上がってパジャマを着たばかりのときだった。

寝間着姿で挨拶に行くわけにもいかず、颯壱は部屋に着替えに行こうとしたのだが、彼に引き留められてしまった。

彼から目を瞑れと言われて素直に従い、次に目を開けたときには白無垢姿になっていたのだ。

「気に入らなかったのか?」

ふと銀色の瞳が翳り、慌てて首を横に振る。

「そんなことないよ、月光のお嫁さんになれて嬉しい」

颯壱は満面に笑みを浮かべた。

「本当か？」

問いかけてきた月光に、笑みを浮かべたままうなずき返す。

白無垢姿にされたときはさすがに慌てたし、承諾したものの男である自分が花嫁になるのはおかしいと思っていた。

けれど、月光が暮らしている世界は、こちらと違うのだ。常識に囚われていてはいけない。郷に入っては郷に従えと、昔から言われている。

それに、きっと月光は花嫁衣裳姿が見たかったに違いない。たった一度きりのことであり、月光が喜んでくれるならそれでいいと思い直したのだ。

そうして、いざ二人で祠まで来てみれば、しかたなく花嫁になったというのに、喜びが溢れるように湧き上がってきていた。

「おまえは可愛いすぎる……」

手を握り合ったままわずかに身を屈めた月光が、はにかんで見上げた颯壱にくちづけてくる。

「んっ……」

仰け反るようにして唇を受け止めた瞬間、身体がふっと軽くなった。

渦に巻き込まれていくような、この感覚には覚えがある。

あちらの世界に向かっているのだとわかっても、恐れはこれっぽっちもなかった。それに、意識もはっきりしている。

月光は失い難い存在なのだと気づき、自らとともに歩むことを選んで永遠の命を与えてもらった。

彼とともに永遠に生き続けるとはどういうことなのか、颯壱はまったく想像がつかないでいる。

今は楽しく感じているけれど、この先は辛い思いをするかもしれない。泣きたくなるような試練が、待ち受けているかもしれない。それでも、怖くはなかった。

『颯壱、この手を絶対に離すな』

くちづけを終えた月光の言葉が、耳にではなく心に直接、響いてきた。

相手の顔もわからない真っ暗闇の中、颯壱は大きくうなずき返し、手をきつく握り締めて片手を広い背に回す。

『愛してる……私にはおまえだけだ』

熱い思いを伝えてくると同時に、頬をすり寄せてきた月光に片手でしがみつき、愛される悦びを噛みしめる。

『僕も……月光が好き……』

声を出すことができずに心に強く念じると、まるで見えないというのに、彼が嬉しそうに笑ったのがわかった。

『ようやく言ったな？　その言葉をどれほど待ち焦がれたことか』

思いを言葉にして伝えていなかったことに気づき、改めて強く念じる。

『月光、好きだよ』

その思いに応えるように、彼が再び唇を塞いできた。

抱き合って唇を重ねているあいだも、二人の身体は真っ暗闇の中へとどんどん呑み込まれていく。

かつてない幸福感に包まれている颯壱は、愛してやまない月光の唇を無我夢中で貪っていた。

第八章

「ふあぁ〜」

ふと目を覚ました颯壱《そういち》は、両手を広げて大きく伸びをする。

「また寝ちゃったのか……」

座卓の向こう側に押しやられているノートパソコンを見て苦笑いを浮かべ、のそのそと立ち上がった。

Tシャツに薄手のセーターを重ね、デニムパンツを穿いている。原稿を書いている途中で力尽きて寝てしまったのだ。

気がつけば寝落ちしていたという生活が、再び始まっている。けれど、月光《げっこう》と暮らし始めたことで気持ちが落ち着いたのか、長いスランプからは抜け出していた。

原稿は面白いくらいに捗るようになっているから、座卓に突っ伏して寝てしまっても罪悪感を覚えない。目が覚めて最初に感じるのは、かつてないほどの充実した思いだった。

まだ眠い目を擦りながら襖を開けて廊下に出る。縁側には眩しいほどの陽が差し込んでいた。

陽の高さから察するに十時かそこらだろう。いつもならもう少し早くに目が覚めているのに、今朝は眠りが深かったようだ。

「ああ、喉渇いた……」

凝り固まっている肩や腰を解しつつ、のんびりと廊下を歩いて台所に向かう。

「颯壱、やっと起きたのか」

引き戸を開け放した台所から、月光の声が聞こえてきた。

「おはよう」

声をかけつつ台所に入っていき、そのまま冷蔵庫に歩み寄る。

中からペットボトルを取り出してキャップを開け、ミネラルウォーターを飲みながらテーブルに向かった。

テーブルには一升瓶が載っていて、月光が椅子に座って酒を飲んでいる。変わることのない朝の日課だ。

「徹夜ばかりして大丈夫なのか？」

心配半分、呆れ半分といった顔つきで、彼が手にしている湯飲み茶碗の酒を呷る。

いつものように煌びやかな衣裳を纏っていて、尖った耳と長い尻尾が見えていた。

月光と二人で月神に報告をすませ、永遠の時を過ごすことを改めて誓い合ってから、かれこれ一カ月になろうとしている。

本格的に村で暮らすようになっても、月光の暮らしぶりはそれまでと変わっていない。家にいるときは本来の姿のままで、外に出たり、人が訪ねてきたりしたときだけ完璧な人間へと姿を変えるのだ。

「だって、伊達《だて》さんが来るまでに少しでも原稿を進めておきたかったから……」

言い訳しつつ向かい側に腰かけようとしたら、月光が無言で手招きしてきた。

ペットボトルをテーブルに下ろして彼のそばに行くと、いきなり腰を抱き寄せられ、唇を奪われる。

「んっ……」

あまりにも唐突なくちづけではあったけれど、颯壱はすぐさま両の手を月光の首に絡めて唇を貪った。

ゆさゆさと揺れる長い尻尾が、手や頬を撫でてくる。それがなんとも心地よく、くちづけに夢中になっていく。

「ふっ……っん」

腰を引かれるまま月光の膝に乗り、いつ終わるともしれないくちづけに酔いしれる。

月光は人の目がないのをいいことに、気まぐれに唇を重ねてきた。とはいえ、慌てたり戸惑ったりしたのは最初だけで、とうに躊躇いなくくちづけ合うようになっている。

「はふっ……」

熱烈なくちづけに息が続かなくなり、顔を背けて唇から逃れた。

「颯壱、いつまで私を待たせるつもりだ?」

抱きしめてくる月光の腕は優しいのに、思いのほか口調がきつく、颯壱はどうしたのだろうかと首を傾げて見返す。

「あっ……」

「もう何日も私は独り寝をしているのだぞ」

ようやく不機嫌な理由に思い当たり、申し訳ない思いが込み上げてくる。

原稿に熱中するあまり仕事部屋で夜明かしをしてしまうから、ずいぶん月光と一緒に寝ていないのだ。

「ごめん……今夜は……」

「今夜は伊達が泊まるのだろう?」

「あっ、そうか……」

月光から不満顔で指摘された颯壱は、間もなく伊達が訪ねてくることを思い出して唇を噛む。

「伊達が来るのは何時ごろだ？」

「お昼前だと……」

言い終えるより早く、月光が颯壱の股間に手を滑らせてくる。

「なっ……」

素早くデニムパンツのファスナーを下ろされ、さすがに慌てた。

「おまえも溜まっているだろう？」

そんなことを言いながら耳たぶを甘噛みしてきた彼が、下着の中に手を入れてくる。

「ダメだよ、こんなところで……」

悪戯に動き始めた彼の手を、颯壱は必死に押さえる。

「どうしても嫌なら、全力で抵抗するんだな」

耳をかすめていく月光の声はどこか楽しげだ。

抵抗できないと決めてかかっているとわかるから悔しい。

こうなったら、どんなことをしてでも阻止してやる。そう思ったとたん、下着の中から己を引っ張り出した彼の手が、明確な意図を持って動き出す。

長らく彼に触れてもらっていない己は、輪にした指で根元からやわやわと扱かれ、くびれや裏筋を指先でなぞられただけで、容易く頭をもたげてくる。

「は……ぁああ……」

鼻にかかった甘ったるい声をもらし、抗うどころか月光にしがみつく。

伊達が到着するまでにあまり時間がないから、先に部屋を片づけたり、畑の手入れをしたりしたい。それなのに、思いとは裏腹に身体が勝手に愛撫に溺れていく。

「月光……」

ひとたび快感を味わってしまえば、己を抑え込むことなどできない。

ねだるように腰を突き出し、下腹に広がっていく甘い痺れに自ら身を委ねる。

「いい子だ」

耳元で囁いてきた月光に軽々と腰を持ち上げられ、前を向いたまま煌びやかな衣に包まれた脚を跨がされる。

「ふっ……んん」

もう硬く張り詰めている己を手早く扱かれ、下ろしている両の足先が小刻みに震える。

「月光……もっ……出ちゃ……う」

しきりに手を動かされ、早くも迫り上がってきた射精感に、颯壱は腰を前後に揺らす。

「んっ」

己から離れた指が秘孔を貫いてくる。

ちょっとした痛みに顔をしかめたけれど、幾度となく彼自身を受け入れてきたそこは、蜜に濡れた指先をなんなく飲み込んでいく。

「ああっ……ん、あっ」

指での抽挿が始まり、ぞわぞわとした感覚に頭を彼の肩に預けて仰け反った。

次第に秘孔が指に馴染んでいき、物欲しげに蠢《うごめ》き出す。

「挿《い》れ……て……」

「おまえの望みならば、いくらでも叶えてやる」

耳元で甘く囁いてきた彼に、腰を持ち上げられて床に立たされる。

「そこに手をつけ」

言われるまま両の手をテーブルについた颯壱の背後から、衣擦れの音が聞こえてきた。

間もなくして、デニムパンツと下着が一緒に下ろされ、熱い塊が秘孔にあてがわれる。

「んっ」

思わず息むと同時に、背中を片手で押さえつけられた。

「力を抜いていろ」

その言葉を合図に、颯壱はゆっくり息を吐き出していく。

月光が一気に腰を押し進めてきた。猛《たけ》った先端が奥を目指してくる。

「ん────っ」

いつになく逞しく感じる彼自身に、息が詰まりそうになった。

「おまえに待たされたから、あまり保ちそうにない」

貫いてきたばかりだというのに、早くも切羽詰まっているような声をもらした月光が、勢いよく腰を使い始める。

「あっ……あぁ……」

激しい抽挿に身体が揺さぶられ、テーブルがガタゴトと音を立てる。

上に載っているものが音を立てて揺れ、倒れたペットボトルから中身が零れ出す。

「ひっ……ふ……うぅ、んん」

喘ぎながらも必死に手を伸ばしてペットボトルを掴み起こした颯壱は、それを握ったまま前後から湧き上がってくる快感に浸った。

「颯壱……」

熱っぽい声をもらした月光が、腰の動きを速めてくる。

快感の源を熱の塊で何度も押し上げられ、颯壱自身は爆発寸前だ。

「月……光……もっ……出る……」

きつくペットボトルを握り締め、頭を起こして歯を食いしばる。

「私も……だ」

背が反り返るほど奥深くを灼熱の塊で突き上げられ、ついに颯壱は限界を超えた。

「あぁぁ」

「う……くっ」

ほぼ同時に極まりの声をあげ、ともに精を迸らせる。

久しぶりの行為だからか、中に放たれた精も、己の鈴口を濡らす精もやけに熱い。

「はぁ……」

すべてを解き放った颯壱が脱力すると、月光が背後から覆い被さってくる。

ゆらゆらと揺れている長い尻尾が、まるでこちらを労《いたわ》るかのように、テーブルに上半身を投げ出した颯壱の腕に絡みついてきた。

ふさふさの尻尾はとても気持ちよく、両手で抱きしめたくなるのだが、そんなことをすればあとが大変だから我慢する。ずっと触っていたいのに、それができないのが残念でならない。

月光を刺激しないように頬をそっと尻尾にすり寄せた颯壱は、全身を満たしていく甘い余韻に浸っていく。

「守山《もりやま》くーん、こんにちはー」

勢いよく引き戸を開ける音に続いて、伊達の元気な声が響いてきた。

ハッと我に返った颯壱は、急いで月光の下から抜け出す。無理やり繋がりを解いたから
か、彼が呻き声をもらしたけれど、かまってなどいられない。

あたふたと下着とデニムパンツを引き上げ、ファスナーを閉めてボタンを留める。

「あっ……」

床に散った己の精に気づき、一瞬、呆然とした。

「守山くーん、いないのかーい？」

伊達の訝った声が聞こえてくる。

早く迎えに出ていかないと、彼は勝手に上がってきてしまう。

快感の余韻を楽しむ間もなく、テーブルに置いてあるティッシュを何枚も引き抜き、床
にしゃがみ込む。

「月光、早く人間の姿になって」

必死に汚れを拭き取りながら月光に声をかけると、這いつくばっている颯壱の目に黒い
スラックスが映った。

「守山くーん？」

伊達の声と廊下が軋む音が近づいてくる。

焦りが募る中、ふと目を前に向けると、廊下に伊達の脚が見えた。

「なんだ、月光さん、いるなら返事してよ」

伊達がずかずかと台所に入ってくる。

「こんに……」

汚れたティッシュを丸めて立ち上がろうとした颯壱の頭が、目測を誤ったせいでテーブルにぶつかり、載っているものが大きな音を立てた。

「あーあ……」

伊達のもらした声に嫌な予感がし、痛む頭を押さえて立ち上がる。

「フタをしとかないから」

倒れているペットボトルを取り上げた伊達が、ティッシュの箱に手を伸ばす。

「僕がやりますから」

颯壱は汚れたティッシュを丸めてゴミ箱に放り、台布巾で零れた水を拭いていく。

「なんかあったの？」

「いえ、べつに……思ったより早く着きましたね？」

なんでもないと首を振って取り繕い、引き攣っている顔に無理やり笑みを浮かべた。

「一本早い列車に乗れたからね。それより、これ」

伊達が提げてきた大きな紙袋を、ようやく拭き終えたテーブルにドンと載せる。

「なんですか？」

「日本酒だよ、日本酒。今日は月光さんと飲み明かそうと思ってね」

袋の中を覗いてみると、一升瓶が二本、入っていた。本気で月光と朝まで酒を飲むつもりらしい。

「僕の原稿を読みに来たんじゃないんですか？　それに、伊達さんはいつもウイスキーを飲んでませんでしたっけ？」

「月光さんと日本酒を飲んで以来、日本酒の美味さに目覚めちゃったんだ」

呆れ気味に訊ねた颯壱に、伊達は笑いながら肩をすくめてみせてきた。

思った以上に原稿が捗っていることが嬉しく、それを伊達にメールで伝えたのは昨日のことだ。

その日のうちに返信があり、早々に今日、訪ねてきた。メールには早く原稿を読みたいと書いてあったけれど、第一の目的は月光と酒を飲むことにあったようだ。

もともと、フットワークの軽いところがあるとはいえ、原稿は東京にいても読むことができる。それでもいそいそとやってきたのは、よほど月光が気に入っているからだろう。月光にしても伊達を好ましく思っているようなところがあるから、嫌がることなく朝まてつきあいそうだ。

馬が合うと言ってしまえばそれまでだが、月光は自分たちの関係を勘違いした伊達に話を合わせた過去があるだけに、酔った勢いでよけいなことを言ってしまいそうで不安だ。

（あっ……でも月光は妖術で記憶を……）

人の記憶を操作するのはよくないことだが、いざとなったらどうにかできるとわかっていれば、心穏やかでいられそうだった。

「そういえば、月光さんがこっちに来てもうずいぶんになるけど、出店の準備とかは進んでるの？」

「いえ、まだなにも決まっていなくて……」

とぼけた月光が椅子を引き出して勧めると、伊達がどっかりと腰かけた。

「まっ、慌ててもいいことないよね、じっくり進めたほうがいい」

「僕もそう思っているんです」

月光は上手く話を合わせつつ、戸棚から取り出したグラスを伊達の前に置き、椅子に腰かける。

「さっそく一杯やりませんか？」

「さすが、月光さん、朝酒はたまらないよねぇ」

破顔した伊達が紙袋の中から一升瓶を出して栓を開け、互いの器に酒を満たしていく。

朝から酒を飲むのは月光ひとりでたくさんだと思いながらも、楽しげな様子を目の当たりにすると口を出す気もなくなる。

「守山君、原稿の話はあとでね」

そんなことを言いつつ月光と乾杯をすませた伊達が、美味そうに喉を鳴らして酒を飲み始める。

「はい、はい」

二人の邪魔をするつもりがない颯壱は、なにかつまみでも用意しようと思い、テーブルを離れていった。

「この酒、美味いでしょう？　最近のお気に入りなんだ」

「伊達さんとは好みが合いそうですよ」

「やっぱり絶対、月光さんも気に入ってくれると思った」

二人を見やりつつ冷蔵庫を開けた颯壱は、頭を突っ込むようにして中をひととおり眺める。

これといって珍しい食材が入っているわけでもなく、用意できるものは限られていた。なにを作ろうかと迷っているうちに、朝食がまだだったことを思い出し、冷蔵庫にある食材を片っ端から取り出していく。

「卵焼きと野菜炒め……そうだ、昨日、賢《けん》ちゃんが持ってきてくれたチキンソーセージがあったっけ……野菜炒めに入れてみようかな……」

起き抜けから月光にちょっかいを出されたうえに、伊達が乱入してきたことでバタバタしてしまったけれど、なんだか楽しくてしかたない。

早くも盛り上がり始めた月光たちの会話に耳を傾けつつ、ひとり料理の準備を始める。

賢太《けんた》や伊達が訪ねてくると賑やかになるけれど、それもほんのいっときのことだ。以前は彼らが帰ってしまうと寂しくてしかたなかった。もう少し長居してくれたらいいのにと思ったものだ。

かけがえのない存在である月光がそばにいてくれるから、今はそうした思いをまったく感じることがない。

静かで穏やかなこの村で、これから月光とともに暮らしていける。幸せな時間を過ごせる喜びを、颯壱は改めて噛みしめていた。

あとがき

みなさまこんにちは、伊郷《いごう》ルウです。

このたびは『鎮守《ちんじゅ》の銀孤《ぎんこ》に愛される花嫁』をお手にとってくださり、本当にありがとうございました。

ガッシュ文庫さんで書かせていただくのは、二年ぶりくらいになるでしょうか。久しぶりの作品だからというわけではありませんが、今回は異色の設定になっています。


本作には、手触りのいい尖った耳とふさふさの尻尾を持った攻の月光《げっこう》と、田舎でファンタジー小説を書いている受の颯壱《そういち》の二人が登場します。

いわゆるモフモフ系のお話なのですが、攻が人外なので可愛いモフモフではなく格好いいモフモフとなっております。

舞台は長閑《のどか》な田舎の村ということもあり、全体的にほんわかとした雰囲気に仕上がっているかと思います。

ひとり寂しく暮らしていた颯壱が銀孤の月光と出会い、花嫁として迎えられるまでのラブストーリーをお楽しみいただければ嬉しいです。

最後になりましたが、イラストを担当してくださった水名瀬雅良《みなせまさら》先生には心より御礼申し上げます。

格好いい月光と可愛い颯壱に、何度も見惚れてしまいました。お忙しい中、素敵なイラストの数々をありがとうございました。

二〇一四年　秋

伊郷ルウ

★オフィシャルブログ〈アルカロイドクラブ〉……http://alkaloidclub.web.fc2.com/

ケモノ耳好きです♥
水名瀬雅良

ガッシュ文庫

鎮守の銀狐に愛される花嫁
（書き下ろし）

伊郷ルウ先生・水名瀬雅良先生へのご感想・ファンレターは
〒102-8405 東京都千代田区一番町29-6
（株）海王社 ガッシュ文庫編集部気付でお送り下さい。

鎮守《ちんじゅ》の銀狐《ぎんこ》に愛《あい》される花嫁《はなよめ》

2014年11月10日初版第一刷発行

著　者　伊郷ルウ [いごう るう]
発行人　角谷 治
発行所　株式会社 海王社
〒102-8405 東京都千代田区一番町29-6
TEL.03(3222)5119(編集部)
TEL.03(3222)3744(出版営業部)
www.kaiohsha.com
印　刷　図書印刷株式会社

ISBN978-4-7964-0634-5